Erich Maria Remarque

IM WESTEN NICHTS NEUES

西线无战事

[德] 雷马克 著

廖美琳 译

人民文学出版社
PEOPLE'S LITERATURE PUBLISHING HOUSE

Erich Maria Remarque
IM WESTEN NICHTS NEUES

Simplified Chinese edition Copyright © 2022 by Shanghai 99 Readers' Culture Co., Ltd.
All rights reserved.

图书在版编目(CIP)数据

西线无战事/(德)雷马克著;廖美琳译.—北京:人民文学出版社,2022(2024.9重印)
ISBN 978-7-02-016898-9

Ⅰ.①西… Ⅱ.①雷… ②廖… Ⅲ.①长篇小说-德国-现代 Ⅳ.①I516.45

中国版本图书馆CIP数据核字(2020)第253322号

责任编辑　卜艳冰　邱小群
封面设计　李苗苗

出版发行　人民文学出版社
社　　址　北京市朝内大街166号
邮政编码　100705

印　　刷　杭州钱江彩色印务有限公司
经　　销　全国新华书店等

字　　数　159千字
开　　本　890毫米×1240毫米　1/32
印　　张　8.125
版　　次　2022年1月北京第1版
印　　次　2024年9月第3次印刷

书　　号　978-7-02-016898-9
定　　价　50.00元

如有印装质量问题,请与本社图书销售中心调换。电话:010-65233595

这本书既不是一份控诉,也不是一篇告白,更不是一场冒险,因为对于那些直面死亡的人来说,死亡并不是一场冒险。它只是试图简单地记叙一代人,尽管他们躲过了炮弹,但还是被战争给毁了。

第一章

我们在距离前沿阵地九公里的地方躺着。昨天我们才被换防下来,而此时肚子里早已填满了菜豆煮牛肉,久违的满足感让我们感觉非常惬意。更何况还有盛满一盒的饭可以留在晚上享用,就连香肠和面包也是双份的,这种事情远离我们太久了。长着西红柿脑袋的炊事员不停地招呼,并用长柄给每一个走过的人舀一大勺的菜肴。他很苦恼该如何把炖锅清空以便用它来盛咖啡。恰登和米勒找来几只脸盆,把食物装进脸盆直到溢出来,留作储备。两个人这样做的目的并不一致,恰登单纯因为贪吃才这样做的,而米勒则是出于深谋远虑。对于恰登吃的东西究竟去哪儿了,总叫人费解,因为他从出现至今,始终都瘦得像一条鲱鱼,尽管他食欲大得惊人。

最为重要的是,烟也发了双份。每个人收到了十支雪茄、二十支纸烟和两块嚼烟,这个收获已经很可观了。我用两块嚼烟换来了卡特钦斯基那里的纸烟,这样我就有四十支纸烟了,足以供我抽一天的了。

本来我们是没想到可以收获这么多的。普鲁士人并不是那么慷慨大方，多亏了他的计算失误，我们才捞到了这么多好东西。

十四天前我们收到命令，不得不开到前线去换防。好在这一阵没有什么战事，所以军需官给全连一百五十人的生活资料都备足了，等我们回去后享用。可天有不测风云，偏偏在最后一天，我们遭到英国炮兵的袭击，无数的炮火如雨点般落在我们的阵地上，损失相当惨重，最后只有八十几个人活着回来。

昨天夜里，我们从前线撤回来，稍作安置后，倒头就睡了。正如卡特钦斯基所言，只要能好好地饱睡一觉，这战争也不算太坏。这十四天在前线，几乎每天都是睁着双眼度过的，大家都太困了。

当最早醒来的人爬出营房时，已经是正午了。半小时后，大家都拿好了自己的饭盒在炊事房前排队，饭菜的香味在空气中弥漫着。排在队伍最前面的自然是肚子叫得最响的：小阿尔贝特·克罗普，一个有头脑的思想者，所以才只是个一等兵；米勒，随身携带课本，梦想着考试，就连在硝烟弥漫的战火中，他嘴里还念叨着物理定律；莱尔，留着络腮胡子，热衷于谈论军官妓院的家伙，他认为妓女们都应该穿丝绸衬衫，在接待上尉以上客人时应当先洗个澡；而我，保罗·博伊默尔排在第四。我们四个是同班同学，刚满十九岁便参加了志愿兵。

再往后就是我们的朋友。恰登，和我们年纪一样，是一个身材瘦小的钳工，却极为能吃，坐下吃饭的时候，身材还挺匀称，可是吃罢站起身时，却又像个身怀六甲的臭虫；海伊·韦斯特胡斯，也是同龄，挖泥煤出身，他的大手能轻松地抓住一整块面包，然后问"猜猜看，我手里抓了些什么"；德特林，这是个农民，整天只惦记着他家的土地和妻子；最后一个是施坦尼斯劳斯·卡特钦斯基，四十岁，长着一张土灰色的脸，一双蓝色的眼睛，机灵、稳重，嗅觉特别灵敏，能辨别空气和食物，是我们这伙人的头儿。

在炊事房前，我们这伙人排在长队的最前面。我们等得不耐烦了，因为炊事员那家伙若无其事地在那里等待着。终于，卡特钦斯基对他喊道："海因里希，赶紧把汤勺拿出来啊，我们都看到豆子煮熟了。"

长着西红柿脑袋的炊事员睡眼蒙眬地摇了摇头，说道："怎么就来了这么些人？等人齐了才能开饭。"

恰登咧了咧嘴，说道："我们都到齐了。"

那炊事员依旧不开饭，他说："你们几个是到齐了，可是其他人呢？"

"就这么些人了，其余的不是在野战医院里，就是在群葬墓地里回不来了。"

听到这句话，炊事员愣住了，语气有些变化。"可是我已经煮了一百五十个人吃的东西呀。"

克罗普往他腰上推了一下："那这次，咱们该吃顿饱饭了呀，快开饭吧。"

恰登狡猾地一笑，眯着眼，凑过去低声说："伙计呀，这么说来，面包你也领了一百五十个人的，是吧？"

炊事员心不在焉地点了点头。

恰登抓住他的上衣："香肠也是？"

炊事员神情木然地又点了点头。

恰登的颌骨轻颤着："那纸烟呢？"

"都是，都是一样的。"

恰登乐得眉飞色舞。"哈哈，我们真的交好运了，我想一想，算一算——嘿，没错，恰好每个人都能够分到双份！"

炊事员这才恍然大悟："不行，这绝对不可以。"

这时我们也激动起来，纷纷围了上去。

"怎么就不行了，你这个胡萝卜头？"卡特钦斯基喊道。

"这可是一百五十个人的东西，绝对不能让八十个人来分。"

"那我就让你看看八十个人怎么分这些东西。"米勒恶狠狠说着。

"饭菜你们可以随便吃，可是东西只能发八十人份的。"那家伙固执地说。

"这次你不应该大方点吗？你领的军粮不是八十个人的，是我们二连的，我们就是二连，这就够了。"卡特钦斯基恼火了。

我们上去动手推了推这个家伙，所有人对他都没有好感，好几次都是因为他的胆小，结果送到前线的饭菜很晚才到，已经凉了，因为他在炮火底下，不肯把锅子移近一些，所以我们负责送菜的人不得不多跑一段路。而一连的布尔克是个好伙计，他虽然胖得像只土拨鼠，可是在关键时刻，他都能亲自抬着锅到最前线的阵地上来。

我们正想把平日里的气都发泄出来，连长来了，他喝止了这场争端。问清原因后，他只轻轻说了一句："是的，我们昨天损失惨重。"

随后他看了看锅里："豆子看起来煮得不错。"

炊事员点了点头："是用猪油和肉一起煮的。"

那少尉看了看我们。他清楚地知道我们在想什么，甚至还知道一些别的事情，因为他来连里的时候是个下士，后来慢慢提拔上去的。

他掀开锅盖嗅了一下，边走边说："给我送一满盘来，把那些东西都分了吧，我们应该用得上。"

"西红柿"露出一副局促不安的神情，恰登兴奋地在他边上跳起了舞。

"这根本就不需要你付出什么！搞得像军需储备都是你的一样。快动手吧，专挑肥肉吃的胖家伙，可千万别数错了。"

"你就应该被绞死！""西红柿"气急败坏地吼道，他已经崩溃了，每当他遇到不可掌控的事情时，他就直接放弃了，但还是无奈地分发了各种东西。同时为了证明他的宽容大度，还主动地又多给每人发了半磅[①]人造蜂蜜。

今天真是个难得的好日子。邮件也送过来了，几乎人人都收到几封信和报纸。大家转悠到营棚后的草地上。克罗普的胳膊下夹着一个人造黄油桶的圆盖。

草地的右侧建了一座方方正正的大公厕，盖了屋顶，结构非常牢固。不过这主要是新兵用的，他们还不会像我们一样尽量利用身边的东西。我们其实需要更好用的。草地上到处散落着一只只矮矮的小箱子，就是为了那个用途。箱子都很干净，用木板把四边围着，座位也舒服得很。旁边还有拉手，可以四处搬动。

我们搬来三只木箱，大家围拢着，舒适地坐着，两个小时一会儿就过去了，我们才懒懒地直起腰来。

我清楚地记得，那时，我们刚入伍时有多尴尬，不得不在公厕方便，可厕所又没门，二十个人像坐火车似的并排等着，从外面一眼就能看清每一张脸，毕竟当小兵的必须时刻有人监督。

在这期间，我们学会了很多，包括对这些小事情不再感到害臊。到后来，更多难为情的事我们也都习以为常了。

这儿虽然是露天，可现在上厕所全然是一种享受了。我不清楚当时的我们到底在想什么，这本就是像吃饭睡觉一样自然的事情，怎么会感到难为情呢？如果这些事不是在我们生活中起到那么重要

---

① 1磅约0.45千克。

的作用，而我们偏又觉得那么新奇，也许我们就不会那么注意它们了。对那些老油子而言，早就把它们当成理所当然的事了。

对于士兵来说，他跟胃和肠之间有着一种特殊的感情。他四分之三的词汇都是从这里出来的，无论是喜悦的表达，还是愤怒的发泄，你都可以从这儿找到一种别致的韵味。要找到比它们更准确、更清楚的表达方式是不可能的。这些东西如果说给家人和老师听，那简直是不可想象的，在这里却是大家通用的语言。

这种强制性的公开，已经使得这些事情在我们心里恢复了它们的纯洁的本质。更何况这本来就是理所应当的，就应该愉快地解决，正如玩牌时拿到一手同花顺一样的痛快。而且这里还是我们肆无忌惮地胡编乱侃的公共休息室和许多"茅坑新闻"的制造厂呢。

此时此刻的感觉要远远胜过在砌着白瓷砖的豪华厕所，那里只是卫生一些，而这里却是让人心旷神怡。

此时真是无忧无虑得令人出奇。头顶是蔚蓝色的天空，天边飘动着浅黄色的侦察气球以及高射炮弹发射后的阵阵白色烟雾。这些炮弹发射时，烟雾一束束升上天空。

偶尔从前方传来沉闷的隆隆声，像遥远的雷鸣一般，而成群的野蜂嗡嗡飞过时，又把这种声音给淹没了。

我们的脚下是一片草丛，一簇簇繁花怒放着。温柔的暖日下，洁白的蝴蝶在青草和鲜花间欢快地飞舞，轻盈地跳跃。我们嘴里叼着香烟，专心致志地阅读信件和报纸。我们把军帽放在身边的草丛里，任微风轻拂着我们的头发，抚摸着我们的语言和思想。

那三只箱子就放在闪着光、艳红诱人的野罂粟花中间。

我们把黄油桶的盖子放在膝盖上，这样就可以充当牌桌了。克罗普又拿出了随身带着的纸牌，这样大家更感到一切都那么美好。每打完一局三人场的牌戏后，就插进一局双人玩的牌戏，时间很快便过去了。

一阵手风琴的声音随风从营棚那边飘来，我们不由得放下纸牌，向四周张望。这时便有人说"孩子们，孩子们……"或者"上次真是死里逃生……"，瞬间大家都沉默了。一种压抑的情绪油然而生，无须过多言语的表达，每个人都能感受到。很容易发生这种情况：我们今天差点就不能坐在这几只箱子上了。现在，已经很接近这个时刻了。因此，眼前的一切都显得格外鲜明、强烈，食物、纸烟、暖人的和风，甚至屁股下的几只箱子。

"谁见到过克默里希吗？"克罗普的声音打破沉默。

"他在圣约瑟夫医院。"我说。

米勒觉得他大腿中弹，应该可以回家了。

我们决定下午去医院看望他。

"坎托雷克还写信向我们问好呢。"克罗普说着掏出了一封信。

我们相视一笑，米勒扔掉烟头说道："我倒希望他也在这里。"

坎托雷克是我们以前的班主任，一个矮个子，为人严厉，总爱穿灰色的燕尾服，最特别的是他那张嘴，长得尖尖的，像极了老鼠。

他和被称为"克洛斯特堡的恐怖"的希默尔施托斯下士身材相仿。说来也奇怪，天下的不幸往往都是由身材矮小的人造成的，相对于身材魁梧的人来说，他们的精力更加旺盛，更不惹人喜欢。我对那些身材矮小的连长管辖的部门避而远之。这些人大多数都是该死的虐待狂。

坎托雷克在体能训练课上给我们做了长篇演讲，直到大家都跟他到指挥部去报名参军。之后坎托雷克透过眼镜瞪着我们，用感人的语气说道："你们不愿意参军吗，同志？"这件事我一直记忆犹新。

那些教师通常会把他们内心的情感收藏在背心口袋里，随时拿出来备用，上课时向人家夸赞。但在当时，我们却从未想到这一点。

我们中间有个长得胖胖的叫约瑟夫·贝姆，他脾气温和，并不情愿当兵，吞吞吐吐地有些想推脱，但最终还是被说服了。否则，他就会被所有人疏远。也许还有很多人和他想法一样，只是没有人敢站出来说"不"，因为那时候就连父母都会说"懦夫"之类的话，那样你真没脸见人了。大家对于我们出来干什么一点也不清楚。或许普通的穷人还知道战争的危害，而家境较好、地位较高的人本来应该更能看清战争的后果，却反而盲目乐观。

卡特钦斯基断言这些人都是教育的中毒者，使他们变蠢了。他说的话总是经过深思熟虑的。

说来奇怪，贝姆是第一批阵亡者中的一个。在一次冲锋时，他的眼睛中了弹，我们都以为他死了，就把他留在了战场。其实我们也无法将他带回，因为我们自己都是仓皇逃窜回来的。后来才知道，他当时只是昏了过去，醒来后由于眼睛受了伤，痛得近乎发狂，找不到掩体躲避，没等到我们把他接回来，就被打死了。

我们自然不会把这事怪罪到坎托雷克头上。如果这种事情也要找个人承担责任，那这个世界会变成什么样子呢？天底下有成千上万个坎托雷克，他们一直都坚信自己做的是好事，用的也是无损自己利益的方法。

这也正是他们会失败的原因，这一点大家都亲眼所见。

而对于我们这些才十八岁的小伙子来说，他们本应是我们走向成熟，走向工作、生活、文化和进步的指导者。虽然有时我们会取笑他们，稍微捉弄他们一下，但是说到底，我们心中还是信任他们的。他们所代表的权威思想，是和深刻的洞察力与善良的智慧联系在一起的。然而贝姆的死使得这一信念破灭了。我们认识到我们这一代人比起他们来更为正直，而他们只会不停地叫喊，发出虚伪的声音。第一次轰炸就打破了我们的认知，他们灌输给我们的世界观彻底崩溃了。

他们仍然在写文章、在发表演讲，而我们却看到了伤员和垂死的人。尽管他们依旧在说国家是最重要的,而我们却已经知道,我们对死亡的恐惧与日俱增。我们畏惧死亡,但我们没有成为逃兵、没有叛变,也没有成为胆小鬼——这些词汇他们可以随便使用——我们也和他们一样热爱着我们的祖国,我们英勇地参加一次次的战役,但是我们学会了辨别是非、学会了观察和分析问题。我们认清了他们所指向的世界是虚无的。于是我们对孤独的恐惧日益剧增,但我们必须孤独下去。

在我们去看望克默里希之前,早已把他途中用得上的东西收拾好了。

繁忙不堪的野战医院里始终弥漫着苯酚、脓液和汗水的气味。虽然这种气味在营房中早已闻惯了,可在这里闻到这些气味,还是有些不适应。我们四处打听克默里希的床位,他躺在一间很大的病房里,看上去非常憔悴。他看到我们时露出虚弱的表情,既兴奋,又有点失落,因为在他昏迷的时候有人偷走了他的手表。

米勒摇了摇头说:"我早提醒过你别戴这么好的表,你总不听。"

米勒有些粗鲁,也不太精明,否则他就不会吱声了。因为每个人都看得出来,克默里希是不会活着走出这间大病房了。那块表能否找回,已经没有多大意义了,最多也就是把它交给他的家属罢了。

"感觉怎么样，弗兰茨？"克罗普问道。

克默里希低着头说："别的倒还好，就是脚疼得很厉害。"

我们看了看他的被子。他的腿藏在一只铁丝网篓底下，被子绕在上面盖着。幸亏我及时踢了下米勒的脚跟，他差一点就把护理员告诉我们的话说了出来：克默里希已经没有脚了，他的一条腿被截掉了。

他的脸色很可怕，惨黄、苍白，脸上出现了从未有过的皱纹。那是我们非常熟悉的纹路，因为我们见过几百次了。那并不是皱纹，而是一种征兆。在皮肤下面，生命已经不再跳动了，它已被挤出了身体的界限。死神笼罩着他的双眼，皮肤下的脉搏有气无力地搏动着。我们的伙伴克默里希就躺在那里，不久前他还和我们一起烤马肉，一起蹲在弹坑里。此刻他虽然还在那里，却仿佛换了一个人似的，看上去那么疲倦无力，他的神情呆滞而模糊，就连嗓音都显得那么沙哑凄惨。

我想起当年我们离家时的情景，他善良的母亲拖着肥胖的身体送他到火车站。她哭得泪流满面，眼睛又红又肿。克默里希为此觉得很不好意思，因为她太担心自己的儿子，根本无法控制自己的情绪。她抓住我的胳膊，再三恳求我照顾好弗兰茨。而克默里希也确实像个孩子一般，身体也很瘦弱，四个星期的行军就把双脚磨平了。可到了战场，谁又有空照顾别人啊！

"你马上就可以回家了，弗兰茨！要是等休假，你少说也得等三四个月。"克罗普说。

克默里希点了点头。我不敢细看他的手,那双手像蜡一样。他的指甲里还有战壕里的泥土,蓝里透黑,像毒药一样。突然一个怪念头出现在我脑子里:那些指甲在克默里希死后很久还会一直长下去,像极了幽灵鬼怪般的植物。我仿佛看到这样的场景:它们像开瓶时的螺旋盖一样往上长,同时往上长的还有脑壳上的头发,一会儿就变成了青草,一堆嫩绿的青草……

"弗兰茨,我们把你的东西带来了。"米勒说道。

"把东西放床底下吧。"克默里希用手指了指床底。

米勒按他说的做了。克默里希又提起那块手表,我们该怎么安慰他,而又不让他产生怀疑啊?

米勒直起腰时,手里拿着一双飞行员穿的长筒靴。那是一双用柔软的黄色皮革制成的英国皮靴,很漂亮,高及膝盖,由下往上都有带子系着,是所有人都渴望拥有的东西。米勒不停摆弄着,有些爱不释手,还不停地和自己那双笨重的鞋子对比着。

"这双皮靴你也要一起带走吗,弗兰茨?"米勒问道。

大家的想法都一样,这靴子对克默里希来说已经没有用了,他就算病愈出院也只能穿一只鞋了。更何况现在的情况,把这双靴子留在这里,实在是可惜,因为只要他一死,护理员马上就会把靴子拿走。

米勒重复道:"弗兰茨,你是不是想把靴子留在这里?"

克默里希摇了摇头。这已是他最值钱的东西了。

米勒于是继续问道:"我想拿东西换这双靴子,在前线用得着它,你看怎么样?"

可是克默里希没有被说服。

我踢了米勒一脚,他才很不情愿地把靴子放回了床底下。

我们又谈了一会儿,然后准备离开了。"好好养伤,我们该走了。"

我答应他明天早上再来。米勒也说要来,他是想着那双漂亮皮靴,想要来监视着。

克默里希突然呻吟起来,应该是发烧了。我们忙跑出去叫住一个护理员,希望他去打一针。

护理员拒绝了。"如果我们给每个人都注射吗啡,那要满满的好几桶才行啊……"

"你们只知道给军官服务。"克罗普充满敌意地说。

我赶忙去说好话,先给那护理员递了支纸烟,他接过纸烟。随后我问道:"可以给普通士兵打一针吗?"

他非常气愤地说:"都说了不可以,干吗还问我?"

我又急忙塞了几根纸烟在他手里。"请你帮个忙吧……"

"那……我去看看。"他说。

克罗普怀疑他,也跟着走了过去,要亲眼看着。我们在外面等着。

米勒还在想着漂亮皮靴的事。"那双靴子给我穿最合适不过了,我这双笨鞋又大又重,一跑起来脚上就起泡,一个接一个的。你们觉得他能拖到明天早上值班过后吗?要是他夜里就去世了,那双长筒靴不就……"

阿尔贝特这时走过来问道:"你们觉得怎么样?"

"不行了。"米勒断言说。

我们向着营房走去。我在想着如何给克默里希的母亲写那封信。我的身体像被冰冻了一样,真想马上喝杯烈酒。米勒拔了几根草塞到嘴里嚼着。突然,矮个子的克罗普把纸烟往地上一扔,使劲地用脚乱踩一通,脸上聚集着一股怨气,心烦意乱地环顾四周,然后结结巴巴地说道:"他妈的,什么玩意儿。"

我们继续走了很长时间,克罗普总算平静了下来。我们都知道,在前线,这是很多士兵都有的精神失常现象。在这里,很多人都会有这种情况。

"坎托雷克信里究竟说了些什么?"米勒问道。

他笑着说道:"他说我们是钢铁青年。"

我们三个人都苦笑了起来。克罗普继续骂骂咧咧的,在为自己还可以活着说话感到高兴。

是的,成千上万个坎托雷克就是这么想的!钢铁青年!青年!可我们这些不满二十岁的钢铁青年,还年轻吗?年轻已是过去的事了,我们都已经是老人了。

第二章

在我家书桌的抽屉里，至今还放着那本刚起头的剧本《扫罗》和一叠诗稿，每当想起这事就觉得奇怪。记不清在多少个夜里，我埋头于一些诗文的创作而不知疲倦。类似的事情，几乎每个人都经历过。而现在这一切却变得那么模糊了，我也已经记不清了。

自从我们到这里以后，早年的生活已经被轻而易举地洗刷干净了，其实我们什么事都没做。我们曾想回顾一下过去的日子，找到一种解释，可并未如愿。对于我们这些二十岁的小伙子，对于克罗普、米勒、莱尔和我，对于所有被坎托雷克称为钢铁青年的人来说，一切都变得若有若无。那些年纪大的人，他们跟过去的生活总有着密切的联系，他们有妻女、爱好、工作，这些联系是那样的牢固，这是连战争都摧毁不了的。而我们仅有的是父亲和母亲，情况好点的还有个女朋友。可这也算不了什么，在这个年月里，父母的管束力是微弱的，而女朋友并不能控制我们。除此之外，我们也没有多少别的东西了，无非就是几许热情，一些爱好，还有那所学校。我们的生活并没有超出这个范围，可这一切已经无影无踪了。

坎托雷克说，我们正站在生活的门槛边上，看来是对的。我们还没能站稳，战争就匆匆地把我们卷走了。对于年纪稍微大一些的人来说，这只是一个中断，他们或许可以越过它来进行思考。不幸的是，我们被它抓住了，以后还会发生什么，我们一无所知。我们现在只知道，我们以一种令人忧伤和奇怪的方式变成了一个粗俗平庸的人，虽然我们并不会时常感到悲伤。

米勒依旧惦记着克默里希那双漂亮的长筒靴子，不过他的同情心并不比别人少，就像一个不忍心悲伤地想到这种事情的人一样。他只是可以把事情看得更加透彻。如果那双鞋对克默里希还有用的话，那么米勒宁愿光着脚在带刺的铁网上走，也不愿去想怎么把它弄到手。可现在的情况是克默里希已经危在旦夕了，他不可能再穿这双靴子，而米勒却可以好好利用它。克默里希死后，无论谁得到靴子都一样。那为什么就不能是米勒得到呢？而比起护理员来他更有权利得到它！如果等克默里希死了，那就来不及了。因此，米勒一直在关注着。

其余的关联，我们就不是很清楚了，除了事实之外，一切都是虚假的，对我们来说只有事实才是最重要的。况且，那确实是一双少见的好靴子。

过去可不是这样。那时我们刚入伍走进营房，全班有二十个青年，在去兵营前，许多人都兴高采烈地一起去刮胡子，有些人还是生平第一次。我们对未来没有明确的计划，只有少数人对工作、职业有些打算，实际上这也只是对人生理想的点缀罢了。我们脑子里依旧是模糊的观念，描绘着对人生乃至战争的理想蓝图，甚至还赋予了几分浪漫主义的色彩。

我们接受了十个星期的军事训练。这段时间的改造，比起十年学生时代的教育更有意义。我们明白了一颗明亮的纽扣要远比四卷叔本华的著作更为重要。我们一开始大为吃惊，接着是充满了愤恨，最后干脆无所谓了。我们渐渐懂得了，在这里，靴子、制度、操练的作用要胜过精神、思想和自由。我们怀着满腔热情来这里当兵，可他们千方百计地把这些抹杀掉。三个星期过后，我们对这种事情就习以为常了。对我们而言，一个身着穗带装饰制服的邮递员的权威远远超出了我们的父母、老师，以及从柏拉图到歌德的整个思想领域的权威。我们用自己的眼睛认清了，我们老师口中那些对于祖国的传统观念，在这里成了对人性的侮辱，即便是卑微的奴仆，人们也不会要求他们这么做。敬礼、立正、分列前进、举枪致敬、向右转、向左转、脚后跟碰撞的声音、辱骂，以及其他各种折磨。原先我们以为我们的任务或许会不同，没料到我们接受着各种堂而皇之、被称为英雄主义的训练，如同驯马一样。可是我们渐渐地习惯了，甚至懂得有些事是理所应当的，其他的敷衍一下就行了。在分辨这两类事情上，士兵们倒是有着敏锐的判断力。

我们班级，三个人一群，四个人一伙，和弗里斯兰的渔民、工人、农夫和手工业者分散在各个排里。我、米勒、克默里希和克罗普都分在第九排，排长是希默尔施托斯。

在营房里，这是个最折磨人、最凶残的家伙，而他也为此感到自豪。他身材矮小，却结实健壮，嘴角两撇油光滑亮的赤红色小胡子，服役已经十二年了，原来的职业是邮递员。他讨厌克罗普、恰登、韦斯特胡斯和我，因为他感觉我们都在无声地反抗着他。

我曾在一个早晨为他整理了十四次床铺。他一次次挑出毛病，把叠好的床铺又弄乱。我还用过二十个小时——当然中间偶尔会休息一下——把他那双又脏又硬、像石头一样的皮靴，揉到软得像黄油，就连希默尔施托斯也挑不出毛病；我还被他指派用牙刷去刷排长们的宿舍；克罗普和我还奉命用扫帚和铁皮簸箕去清扫练兵庭院里的积雪，幸亏被一名偶然路过的少尉碰到，才制止了这一切，并训斥了希默尔施托斯一顿，否则我们准会一直干到冻死为止。但之后得到的结果是他对我们更加怀恨在心。接下来连续四个星期，他都让我在星期日站岗。同时这四个星期的每个星期日我还要在营房里执勤。我曾背着行装和步枪，在翻耕的泥地里训练"起立、前进、卧倒"的动作，直到精疲力竭，成了一个脏兮兮的泥团。四个小时后，我还得换上干净的衣服向希默尔施托斯报告，而擦破的双手还在淌血。我曾和韦斯特胡斯、克罗普、恰登一起，光着手在严寒中训练"立正"，一站就是一刻钟，裸露的手指握着冰冷的步枪枪管，而希默尔施托斯还在四周暗中监视着我们，看我们手指有没有挪动。我曾在夜里两点只穿着一件衬衫，连续八次从营房顶层跑到庭院,仅仅因为我的衬裤在堆放东西的凳子上边冒出来了几厘米。希默尔施托斯军士来值班时路过我身边,还故意往我光着的脚趾上乱踩。我经常要和希默尔施托斯进行拼刺对练,他拿一支轻便木枪,让我用沉重的铁制武器和他对打,因此他每次都能很轻松地把我打得浑身是伤。有一次,我实在气急了,奋力冲过去,朝他肚子上撞了一下,让他狠狠摔了个跟头。他便到连长那告状,连长也知道他的为人,笑着要他以后多注意就是。连长知道希默尔施托斯的为人,似乎挺乐意看到他出洋相。我还练就了爬小橱柜的本领,屈膝下蹲的动作我也很在行。虽然我们听到他的声音就会害怕,可是这匹脱缰的驿马终究制服不了我们。

一个星期天,克罗普和我在营房区用杆子抬着一个尿桶,吃力地走过场院,正巧希默尔施托斯打扮得光鲜整洁,准备出去。他停下站在我们前头,问我们喜不喜欢干这些活,我们趁机假装绊了一下,把一桶东西全都泼到他腿上,他气急败坏吼道:"我要把你们都关起来。"

克罗普忍无可忍,回道:"肯定会先进行一次调查,到时我们就把一切都说出来。"

"你居然敢这样和军士说话!"希默尔施托斯的肺都要气炸了,"有人会来审问你的!你等着瞧吧,还敢顶撞上级!你到底想干什么?"

"我会把军士先生的事全揭发出来。"克罗普针锋相对说着,手对着他裤子的接缝处。

希默尔施托斯这个时候看出我们是故意的,怒气冲冲地走了。临走时留下一句话:"我肯定会和你们算清这笔账的!"但他不可一世的形象已经不复存在了。他试图在新翻耕过的田地里要我们进行"卧倒、起立、前进"。我们对每一道命令都执行不误,因为这里是军队,士兵必须服从命令。但是我们执行命令非常消极,动作缓慢,他只能又气又恨地大叫。我们从容不迫地跪下,用两只胳膊撑着地面等待着,他愤怒地喊出了另外一道命令,而我们上一个动作都还没结束。结果我们都还没出汗,而他的声音已经嘶哑了。

从那以后,他不再挑衅我们。尽管他还一直管我们叫猪猡,不过威风的劲头已经收敛了一些。

也有许多正直的班长,他们比较善解人意。不过所有人都想保住自己这份好差事,为了达到这个目的,他们只能严厉地对待新兵。

因此,操场上所有的军事训练项目,只要可能,都会被派到我们头上来,我们经常气得吼叫起来。一些人因此得了病,沃尔夫甚至得肺炎死了。但我们并没有因此屈服,因为那样我们自己都会觉得可笑。这使我们变得冷酷、多疑、没同情心,只想要复仇——这样也不错,或许这些正是过去我们所缺乏的。如果不是那段时间的训练,那么大部分人上了战场都会发疯的。也只有经过这种磨炼,才能为我们日后要做的事打下基础。

我们没有倒下,而是勇敢地坚持下来。我们二十岁的年龄,虽然在很多事上给我们带来了一定的困难,但是在这方面却帮助了我们。最为重要的是,它让我们的内心产生了强烈而实际的团队精神,这种凝聚力在战场上便转变成美好的情感:同志友谊!

我坐在克默里希的床边。他的身体看起来日益衰弱。我们周围的环境十分嘈杂。一列运送伤员的火车刚刚抵达,那些可以转移的伤员正在一个一个地被挑出来。医生经过克默里希床边时,都没看他一眼。

"等下一批吧,弗兰茨。"我说。

他抬起身,用小臂支撑在枕头上。"他们截掉了我的一条腿。"

也就是说,他已经知道了。我点了点头,回答道:"这样你就可以出院了,弗兰茨,你应该感到高兴。"

他沉默了。

我接着说:"有人两条腿都被截去了,韦格勒连右胳膊都没了,情况比你要糟糕得多。而且,你就快回家了。"

他看着我。"你是这样认为吗?"

"当然!"

他重复道:"你是这样认为吗?"

"没错,弗兰茨。你必须在手术后把身体养好。"

他让我靠近一点,我向着他弯下身子。他细声说:"我看不一定吧。"

"弗兰茨,千万别瞎想,你只不过是少了一条腿。在这儿,那些比你更厉害的伤都能缝合好的。"

他抬起一只手。"你看看我的手指。"

"这些都是手术引起的。你要好好休息,多吃饭,很快就能恢复的。你们的伙食好吗?"

他指了指饭碗,里面还剩一半东西。我激动地说:"只有吃好饭,才能恢复,你一定得多吃。我看这些东西也挺不错的呀,弗兰茨。"

他没回答我。过了一会儿,他换了个话题,说道:"我原先想当一个森林管理员。"

"你还是有机会做的,"我安慰道,"现在有很多了不起的假肢,可以直接安装在肌肉上,你根本察觉不到少了什么。你甚至可以干活、写字、参加各种活动。何况,这些东西肯定还会有更多新发明的。"

他安静地躺了一会儿,随后他说道:"你把我那双皮靴带给米勒吧。"

我点了点头,心里想着怎么说些安慰他的话。他的嘴张大了,露出白色的牙齿,看起来像是白垩做的。皮肉萎缩,颧骨突出,额头隆起,眼睛下陷,看起来黯淡无光。再过几个小时,一切就都结束了。

他这种情况，我不是第一次看到。但我们一块儿长大，因此感觉还是不一样。那时我还抄过他的作文。上学时他总穿一件棕褐色外套，上面还系一根绳子，袖口磨得油光发亮。在我们这些人里，只有他能做到单杠大旋转的动作。每次他做这个动作时，头发就会像丝绸一样飘拂在脸上。坎托雷克最欣赏他。他也不抽烟，细皮嫩肉的，像个姑娘一样。

我看了一眼自己的靴子。它们看起来又大又笨重，裤腿全塞在里面了。套在这双大靴子里站起来时显得特别魁梧雄壮。只有在洗澡的时候，当我们脱下靴子和衣物，才会原形毕露，露出细长的腿和瘦弱的臂膀。这时我们不像士兵，更像是小孩子，没有人相信我们还能背行军背包。如果我们光着身子，那种感觉很奇妙，就连自己都感觉已经和普通老百姓没什么不同了。

洗澡的时候，弗兰茨看起来更像一个小孩子，他是那样的瘦弱。可命运偏偏让他躺在这儿，为什么呢？死神时刻在召唤他，真应该让所有人来看看，告诉他们：这是弗兰茨，他只有十九岁半，他真的不想这么早死去。别让他死啊！

我的思绪渐渐变得零乱起来。四周苯酚和坏疽的味道充塞于我的肺部，像浓稠的粥，堵得让人无法透气。

天色逐渐暗了下来。克默里希脸色惨白得有些发亮，他从枕头上抬起头来，嘴角稍微抽动了一下。我忙凑了过去。他低声道："如果找到我的那块表，就帮我捎回家去吧。"

我没有说话。这些都没意义了。没人可以劝慰他。我对这一切无能为力，这让我感到很难受。高高隆起的额头，白闪闪的牙齿，尖尖的鼻子……我又想起那个还在家里流泪的母亲，明天我还得写信给她。要是那封信早就发出去了，该多好啊！

医生和护理员拿着医疗设备来回穿梭着。有个人走过来，在克默里希面前看了一会儿，就走开了。看来是在等待着，有人很需要这张床位。

我俯身靠近弗兰茨，陪他说了些话，好像这些话可以救他的命似的。"也许你要转到克洛斯特堡疗养院休养去了。那个疗养院在许多别墅中间，到时候你可以向窗外眺望，越过田野，看到天边那两棵大树。现在是收获的季节，庄稼都已经熟了，傍晚的田野沐浴在阳光里，就像珍珠母一般。还有克洛斯特河边长满白杨树的小径，以前我们经常去那儿捉刺鱼呢！你还可以养些鱼，可以随便出去，不需要问任何人，你愿意的话甚至还能弹几首钢琴曲呢！"

我俯身下去，望着他那张阴影里的脸。他还在呼吸着，很轻微，但泪水已经打湿了脸庞。我不禁有些后悔，心里暗暗责备自己，为什么如此愚蠢地说了这些话。

"可是弗兰茨……"我拥抱着他，把脸贴在他的脸上，"你现在要睡一觉吗？"

他没有说话，泪水像决堤了一般飞快地往下流，我想给他擦擦眼泪，可是我的手帕太脏了。

一个小时很快过去了。我不安地坐着，细心观察着他的面部表情，生怕他会突然说些什么话来。要是他能叫喊起来，那该多好呀！然而他只是把头转过另一侧，不停地流泪。他不讲他的母亲和兄弟姐妹，一声也不吭，把一切都抛置脑后了。他只是个十九岁的小生命，却要孤零零一个人了。他哭泣着，因为他预感到生命将离他而去了。

这是我见过的最无能为力、最悲痛的离别了，虽然蒂基恩的情况也很糟糕。那是个长得像熊一样的家伙，他拼命地叫喊着他的母亲，眼睛张得特别大，脸上充满了惊恐的神情，手里还紧紧地拿着一把刺刀，不让任何人靠近他的病床，一直到他没有了呼吸。

克默里希忽然呻吟起来，喉咙里不断发出"咯咯"的声音。

我急忙往外面跑去，大声问道："医生呢？医生在哪里？"然后一把抓住一个路过的"白大褂"，"快，弗兰茨不行了，您快救救他。"

他甩开了我的手，问旁边的一个护理员："他这是什么意思？"

"二十六号，截掉了一条腿。"护理员回答。

"我今天截掉了五条腿，我怎么知道是哪一个？"医生高声吼道，然后对那个护理员说，"你过去看一下。"说完立即走向了手术室。

我跟着那个护理员，气得浑身发抖。他看了看我，说道："今天已经死了十六个了，一个接一个——都疯了，我跟你说，你那位是第十七个，肯定会有二十个的……"

我感觉到恐惧，脑子一片空白，觉得一切都是徒劳的。我不想再骂人，已经毫无意义，我想直接倒下去，永远起不来。

我站在克默里希的床边。他死去了。他的脸上残留着泪痕，眼睛半睁半闭，肤色蜡黄，像用旧了的角质纽扣。

护理员推了我一下。"他的这些东西你要带走吗？"

我木然地点了点头。

他继续说道："我们要马上把他搬走，现在急需这张床。外面还有很多伤员，都躺在过道上呢。"

我收拾好克默里希的东西，取下他的身份证明牌。那护理员问起他的军人证，我说肯定在军需办公室里，说完就离开了。而在我身后，弗兰茨已经被他们转移到一块防水布上了。

走到门外，黑暗中晚风轻送，我感觉到一种解脱。我尽量深呼吸，吹到我脸上的风是那样的清爽、温暖。姑娘、鲜花、青草、白云，这些东西迅速地飞进我的脑海里。我那穿着长靴的脚向前移动着，越走越快，我奔跑起来。周围士兵的谈话声使我激动不已，我却一句都没听清。大地仿佛涌起了动力，它们透过脚底贯穿全身，融入我的心里。黑夜如闪电般发出噼里啪啦的响声，前线的战斗在轰鸣声中持续着，如同鼓乐合奏。我的四肢在轻快地活动着，我感觉我的关节力量很大，我深深地呼吸着空气。黑夜还在继续，而我的生命也在继续。我觉得有些饿了，这饥饿感比以往任何时候都来得强烈。

米勒在营房门口等着我。我把那双靴子给了他。我们走进营房，他试了试靴子，正合适。

他在自己的宝贝里翻来翻去，找出一段美味可口的萨维罗猪肉熏肠送给了我，还给了我热茶和朗姆酒。

第三章

我们有了增援部队。原来空着的位置都住满了人,营棚的草垫也很快被占满了。这其中一部分是老兵,剩余的二十五个都是新兵,他们是从野战军营送来的,大部分比我们小一岁。

克罗普拽着我说:"瞧,看到这批新兵蛋子了吗?"

我点点头。我们挺着胸膛,在醒目的场所让人刮胡子,双手插着裤袋,打量着这些新兵,感觉自己已经是久经沙场的老兵了。

卡特钦斯基加入了我们这伙人。我们一起闲逛着,经过了马拖车,到了增援部队那里,他们正好领了防毒面具和咖啡。

卡特钦斯基拉住一个新兵问道:"你们应该很久没吃过这种东西了吧,对不对?"

那人扮了个鬼脸说道:"早上吃萝卜面包皮,中午萝卜杂烩,晚上是萝卜大饼和萝卜生菜。"

卡特钦斯基熟练地吹了个口哨,说道:"运气不错啊,还有萝卜面包呢,他们就是用锯屑做面包也不奇怪。要是换了白菜豆呢,你爱吃吗?要不要给你来点?"

那小伙子红着脸:"您别开玩笑。"

卡特钦斯基接着说道:"去把你的饭盒拿来。"

我们好奇地跟在后面。卡特钦斯基把我们带到他的草垫旁边,他打开了一个桶,里面竟然装着半桶的豆子煮牛肉。卡特钦斯基摆出一副首长的姿态,站在桶前说道:"要眼疾手快!就像普鲁士人说的那样。"

我们觉得很惊讶。我好奇地问道:"好呀,卡特,你到底哪里弄来的这些东西?"

"我从'西红柿'那里弄来的,用了三块降落伞绸料跟他做了这笔交易,他还挺开心的。你看,这豆子虽然冷了,可吃起来味道还是不错的。"

他像恩赐一般给那个小伙子盛了一份,然后说道:"下次再来,你除了带上饭盒之外,还要带上一支雪茄或者一块嚼烟,知道了吗?"

他又转身对我们说:"当然你们也可以吃啦。"

卡特钦斯基是我们中不可或缺的人,他具有一种第六感。这类人有很多,但是一开始大家都不会认同他。他是我认识的人里最机敏的一个。他过去的职业是鞋匠,懂得各种手艺。能和他成为朋友真好。而克罗普和我都是他的朋友,还有海伊·韦斯特胡斯多半也算是他的朋友。不过海伊总是在卡特的指挥下用拳头解决问题。在这方面,他倒是擅长。

比如，有一个晚上，我们来到一个陌生的小城镇，这是个荒凉的地方，一眼望去，空得只剩下墙壁和街道了，而我们的营地是一家昏暗的小工厂，为了驻兵方便，他们用几根木条绑在铁丝网上，做成简易的铁丝网绷床。

铁丝网很硬，我们又没有东西可以垫着睡，毯子要盖着，而帆布又太薄。卡特扫了一眼这些东西，就带着海伊·韦斯特胡斯出去了。这个地方我们都不熟悉，而他们去的是一个完全陌生的地方。但很快，仅过了半小时，他们便回来了，还带着大捆稻草。原来卡特早就留意到了马房，就带回了里面的稻草。如果不是饥饿不时地驱赶着睡意，我们当时就能好好睡上一觉了。

克罗普对那一带住了很久的炮兵问道："这儿周围有没有能吃饭的地方？"

炮兵笑着说："有个什么呀！这个地方连面包皮都找不着，还能有什么呢。"

"那，这里就没人住了吗？"

他用力吐了口唾沫。"有倒是有几个，但是他们几个都得成天绕着炊事房打转，想讨点东西吃呢。"

大家一听就知道情况不妙，只好把早就勒紧的裤带勒得更紧，等待第二天军粮送来。

我看到卡特不声不响戴上帽子，便问道："你要去哪儿？卡特。"他对我们说要出去转转，了解一下周围的情况。

炮兵嘲讽地笑了笑道："你去看吧，不过没什么希望的，去了也得空手回来，可别弄伤了身体。"

大家无奈地躺下，反复思考着要不要动用紧急备用粮。可想想还是觉得太冒险了，于是大伙都试着看能不能睡一会儿。

克罗普把一支烟折下一半递给我抽。恰登则介绍起了他的家乡菜：蚕豆烧熏肉。他痛恨不用香薄荷调制的方法"看在上帝的分上，最重要的是要把土豆、蚕豆和熏肉放在一起煮，味道才极佳，千万不能把这些东西分开来烧。"有个人嘴里叽叽咕咕抱怨着，如果恰登还不闭嘴，那么他就要把他加工成香薄荷。屋子瞬间变得鸦雀无声，只有几支蜡烛摇摇晃晃地放出光亮，那炮兵还在不厌其烦地吐着唾沫。

正当我们迷迷糊糊以为在梦中时，只见卡特推门进来，我以为我在做梦：他的腋下夹着两块面包，手里还拎着一个血淋淋的沙袋，里面装满了马肉。

炮兵的烟斗从嘴里掉了下来。他上前摸了摸面包。"是真的，还是热的，真的是面包呀。"

卡特并不言语。弄到了面包，别的什么事情他都无所谓。他真是神通广大，我可以肯定，就算把他丢到沙漠，他也能在一个钟头内从外边带回椰子、烤肉和美酒，然后饱餐一顿的。

"海伊，你去找些碎木柴来。"他说。

然后他从外衣下面拿出一个平底煎锅，又从口袋里掏出一把食盐，接着还有块猪油——他什么都计划好了。那边海伊生起火来，空荡荡的大厂房瞬间被照得如同白昼。我们也都从床上坐了起来。

炮兵有些犹豫不决。他在想称赞卡特两句，然后拍拍马屁，兴许还能分些东西吃。但见卡特根本不去搭理他，便也只好作罢，悻悻地离开了。

卡特非常擅长烤马肉，知道怎么把它做得嫩嫩的。他先用水煮一会儿，再把它放到锅里煎，这样就不会使肉变老，吃起来又鲜又嫩。我们纷纷拿出小刀围坐过来，风卷残云一般，肚子很快就塞得饱饱的。

卡特就是这样的人。就算是一年之中，就只有那么一个地方，只有一个钟头的时间可以找到一些吃的，那么他就能在这个陌生地方用一个钟头的工夫准确无误地找到所有吃的东西。而每次他都是先戴好帽子，然后如同受到指南针指引一般，走向那个地方，然后满载而归。

无论是什么东西他都可以找到。就算是在严寒的天气，他也能弄来热水、木头、干草、桌椅，还有吃的东西。这让人太难以置信了。所有人都只能相信，他是个能从空气中变出东西的魔术师。他最了不起的杰作是那四罐大龙虾。当然，我们更希望吃一顿美味的牛排。

我们在营棚向阳的一面安顿下来。这儿弥散着焦油、夏天和汗脚的气味。

卡特坐在我身边开始和我聊天。我们今天中午练习了一个小时的敬礼，因为恰登忘了给一个少校敬礼。卡特一直记得这件事。他说："我赌我们会打败仗，因为我们敬的礼太标准了。"

克罗普赤着脚，卷着裤腿走了过来。他把洗好的袜子晾晒在草地上。卡特望着天空，放了一个响屁，然后颇有韵味地说："一颗小小的豆子，就能发出声音。"

两个人争吵了起来。他们为预测正在我们头顶上方发生的空战谁胜谁负争论开来，并且还以一瓶啤酒作为赌注。

卡特坚持着自己的观点，作为前线的老兵，他还编了两句诗："同样的饭菜，同样的薪水，但愿早日远离战争。"

克罗普反倒是个思想家。他认为战争应该是传统的节日，应和斗牛那样出售门票，伴随乐团演出。在竞技场上，让两个交战国家的部长和将军们穿泳裤，拿棍子公平决战。活着的，就代表国家是胜利者。这样做反而比现在要简单，而且更合理。现在的战争不公道，也太复杂，让本不该打仗的人上了战场。

这建议得到了大家的认同。一会儿谈话又扯到兵营操练上去了。

忽然，我想到一个场景。营地练兵场被正午的阳光毒射着，火辣的太阳挂在空地的上空。热气在广场上空环绕，营房里空无一人，一切都在昏睡着。只能听到鼓手们在练习，他们在不知道的地方排好了队，正在呆笨地、单调乏味地进行练习。炽热的正午，营前的练兵场和鼓手们的练习，仿佛演奏着一曲优美的三和弦！

营房的门窗一片漆黑，什么都没有。几条斜纹布裤子仍然搭挂在窗台上。多少人都渴望地朝里看，里面肯定很凉爽。

啊，那些发霉味的寝室、铁床架、花纹床单、矮凳和橱窗！现在居然成为渴望的目标；在战场前线，这一切居然还弥漫着家乡的浓郁气息，你们的房间充斥着变质的食物、睡眠、烟雾和衣物的气味。

卡特钦斯基用丰富的语言兴奋地描述了这一切。要是我们能回到那里，我们愿意付出一切！因为我们的思想已经不敢在往前去思索了……

那些晨练——"九八式步枪的组成有哪些部分？"——那些午后的体操课——"钢琴演奏者出列。右转弯跑步走。你们到伙房前边去削土豆！"

我们沉浸在往事中。克罗普忽然笑了下，说着："在勒内换车。"

这个游戏是我们排长最喜欢的。勒内是一个火车中转站。希默尔施托斯老担心我们休假转车时在那里找不着路，就叫我们在宿舍里练习换车。他要我们熟悉，在勒内车站要转到联运列车，必须穿过一条地道。训练时就让我们拿床当地道，各自在自己床的左侧立正。然后听到"在勒内换车！"的命令下达后，人人都像闪电般从床下爬到对面。这个简单的把戏，我们一练就是一个钟头。

这时，那架德军飞机被击落了，还拖着长长的彗星一样的尾巴，栽了下去。克罗普气恼地把输了的啤酒钱掏了出来。

"我想希默尔施托斯在当邮递员时，一定是个很和蔼的人。"我看见阿尔贝特情绪渐渐稳定后便说，"可一成了军士，怎么立刻就变得像个虐待狂呢？"

这个问题又让克罗普兴奋起来。"这又岂止希默尔施托斯一个是这样，这种人太多了。他们只要一佩戴上代表军阶的绶带，再佩上一把军刀，马上就改头换面了，变得像钢筋水泥似的。"

"我想那是换了军装造成的。"我猜想着。

"有一定道理，"卡特俨然要来发表一通长篇大论，"最主要的原因还不在这儿。举个例子，你看，你天天训练一条狗吃土豆，然后你再放一块肉，它还是照样不顾一切扑向那块肉，这都是天性。而你给一个普通人一点权力，他也一样会充分利用，这是不言而喻的。人首先是头牲畜，而后像是涂抹了黄油的夹肉面包一样，身上变得道貌岸然一点罢了。部队也是一样的，一个人总要对另一个人使用权力。之所以糟糕，是拥有的权力太多了；士兵受军士折磨，军士被少尉折磨，而一个上尉足以把一个中尉折磨成疯子。就因为他们知道可以这样做，久而久之便习以为常了。说一件最简单的事：我们经过痛苦的训练，早就疲惫不堪了。可偏又来了命令喊大家唱歌。好吧，大家都无精打采地唱着，而每个人能做的只是扛着枪继续艰难地前行。但刚过一会儿，全连又向后转，再罚大家训练一个小时。之后回来时还要唱歌。这一切又到底是为了什么呢?很简单,这样无非是连长的权力欲在作祟罢了。如此上面并不会埋怨他,反而可能会因为他比较严格而受到表扬。好多事情也是这样的,这只不过是小事一桩,他们折磨人的事例还有许多。你想想:一个人想做平民,那随时都可以去做,哪有什么事情能让人随便乱来而不被约束呢?唯独在军营他才可以这样做!你们看,他们满脑子都是这些玩意!一个人在社会中越是无足轻重,这样的想法在他们身上就毒害得越深。"

"他们当然有理由会说,因为要有纪律啊。"克罗普谨慎地说道。

"理由,他们总是会有的,当然也需要这样。"卡特愤恨地说,"但这种权力不该被滥用。这种事情,如果跟一个铁匠、雇工或工人去讲清楚,甚至和农民解释,这里大多都是这样的人。他只是感觉自己受到磨炼,然后上了前线,而他心如明镜地知道自己该做些什么、不该做些什么。我和你们说,那些单纯无知的普通士兵能在前线坚持住,太了不起了!太了不起了!"

所有人都表示赞同,我们也都明白,只有在战壕里,才能停止枯燥的操练,但一旦距离前线哪怕只有几公里,又得反复地开始操练,去进行那些索然无味的动作:敬礼和分列行进。这已是形成的一个铁的规律,士兵无论如何都不能闲下来。

这时,恰登满面春风闯了进来,喘着气兴奋地说:"好消息,希默尔施托斯也上了前线,已经在半路上了。"

恰登对他充满了刻骨铭心的仇恨,因为希默尔施托斯在军营里总是自以为是地教育他。恰登患有遗尿病,夜里经常尿床,但希默尔施托斯一口咬定是恰登偷懒装的,还很自信地用一种很特殊方法来整治恰登的遗尿病。

希默尔施托斯花了很大的劲从隔壁营棚找到另一个也患遗尿病的人,叫金德尔法特,他被调来和恰登睡在一起。营棚摆放的是典型的双层床位,上下铺,床位都是铁丝网。希默尔施托斯让他们轮流着睡上下铺,每次下面的人都要遭罪了,这样轮流也可以互相报复对方。希默尔施托斯称之为自我疗法。

这种方法很缺德,他却自认为很巧妙。可惜它一点作用都没有,因为两个患者都不是希默尔施托斯所想象的那样是在偷懒。任何人都能从他们灰白的皮肤看出这一点。后来他们两个其中一人只有睡在地上,睡地上的那个就经常感冒。

这时,海伊也过来坐在我们身边,向我挤挤眼,又搓了搓手。我们曾经一起度过军营生活里最快乐的一天——就是我们赶赴前线的前一天。我们被分配到一个门牌号码数字很大的团里。但是我们首先要被派回驻地拿装备,当然,不是去军需物资仓库,而是去另一个兵营。我们原定第二天一早离开。所以那天晚上我们就要跟希默尔施托斯算笔总账。

几个星期前，我们就发誓要这样干了。克罗普甚至想得更远，他决定了，等到战事结束后就到邮政部门工作，这样就可能在希默尔施托斯又回去当邮差时做他的上司。克罗普快乐地沉浸在如何报复他的幻想中。也正是这个原因，我们一直没向他屈服——我们总有一天要狠狠地教训他一次，哪怕是在战争结束以后。

而此时，我们决定狠狠地揍他一顿。要是他没能认出我们，再加上明天一大早我们便动身离开了，他又能把我们怎么样呢？

我们搞清楚了他每天晚上都要去哪一家酒馆泡着。然后从那里回营房，要经过一条阴暗偏僻的小路。我们在那儿附近的一堆大石头后面埋伏着。我随身带了一条床单。我们都担心他是不是一个人回来，所以大家的心怦怦乱跳。后来，我们终于渐渐听到他那讨厌的脚步声远远地传过来，这声音我们太熟悉了，因为它总会在每天的早晨出现，随后就听见房门被打开，他便大吼一声："起床！"

"就一个吗？"克罗普压低声音说。

"一个！"恰登和我悄悄绕到了石堆上。

他腰间的扣环在黑暗中闪闪发光。希默尔施托斯似乎真有些醉了，嘴里正哼着歌，丝毫没有防范地走了过来。

我们张开床单，往前轻轻一跃，从后面用床单蒙住他的头，随后把床单往下拉，这样他就像被装裹在一个白口袋里站着，两只胳膊都不能动了。他的歌声也戛然而止了。

接着海伊冲过来。他摆了个姿势，挥起两只胳膊，随后把我们往后推开，准备第一个下手。他兴奋地站好位置，举起他的一只胳膊，像极了一根信号杆，接着用那双煤锹一样的大手，对着白口袋狠狠就是一拳，这一拳力气之大，简直就能打死一头公牛。

希默尔施托斯被打得翻滚了五米远才停下来，之后便开始大喊大叫。我们早已有准备，拿出了随身带的枕头。海伊弯下身子，把枕头放在膝盖上，照准希默尔施托斯的头所在的位置一下子压了上去。叫喊声立刻被闷住了，海伊每过一会儿便让他透一口气，连带着又能听到一阵吼叫声，但马上又被捂住了。

恰登上去抽掉希默尔施托斯的腰带，还扒下了他的裤子，他的嘴里咬着一根鞭子。随后他直起身来，便开始大打出手。

这是一幅美妙的图画：希默尔施托斯躺在地上，海伊面目狰狞地笑着，开心地咧着大嘴，俯到希默尔施托斯的上方，把他的头放在膝盖上，而后每挨一鞭，衬裤里头的双腿就紧缩着、颤抖着，而在这正上方是恰登，他像个伐木工人般不知疲倦地挥舞着。后来，我们只好把他推开，才能轮到自己出手。

海伊最后让希默尔施托斯站立起来，单独给他最后一次教训。他伸出右手的神情，好像要上天揽月一般，给了希默尔施托斯一个大耳光。随后希默尔施托斯应声而倒。海伊又把他拽起来，摆个姿势做好了准备，左手紧接着又是极其准确地狠扇了第二下。希默尔施托斯凄惨地号叫着，四肢着地，连滚带爬地逃走了。他那有条纹的邮差屁股在月光的映衬下闪闪发亮。

我们也赶紧飞奔着往回跑。

海伊环顾四周,抑制着心中的兴奋,既愤怒又满足地说:"猪血和猪肉做成的黑香肠,这就是复仇的味道。"

希默尔施托斯应该感到高兴:因为他相互教育的说法被我们充分利用到了他身上,结出了果实。毕竟我们学以致用,成为了他的好学生。

他一直没能打听出来,那天晚上的好事该感谢谁。更何况他还赚了一条床单,因为当我们几个小时后回来找床单时,它已不见了。

那天夜里的行动,使我们次日的行程格外兴奋且轻松。一个大胡子的老家伙还激动地称赞我们是英雄青年呢。

第四章

我们奉命到前线构筑工事。夜幕降临时，我们爬上了卡车。这个夜晚感觉很是暖和，同时我们感觉到，暮色就像一个天篷，掩护着我们前行。它把我们这些人联系在一起就连恰登也一改往日的吝啬，给了我一支香烟，还给了我火。

我们挤在一起，肩并肩地站着，根本没有空间能够坐下。我们也都没有坐的习惯。米勒穿上了那双新皮靴，情绪少见地兴奋起来。

卡车吱吱嘎嘎地叫唤着向前行进。道路四处坑坑洼洼，高低不平，很不好走。一路上不可以发出一点光，所以我们总是随着卡车轰隆隆的响声颠簸着，有几次险些从车上摔出去。不过，这倒也没什么可以担心的，即便发生了又能怎样？折断一条胳膊总比在前线时肚子上被打穿个洞要好。更何况还真的有人盼望能这样，如此一来便可以有理由回家了。

在我们旁边结伴而行的是一长列载着军火的车队。他们急着赶路，不断地超过我们。彼此之间还会打打招呼，开个玩笑。

一道墙壁渐渐跃入眼帘，它属于路后面稍远的一座房子。我突然竖起耳朵仔细听去。是我弄错了吗？我又听到一阵连续的鹅叫声。我转身向卡特挤了挤眼——他也用眼神回应我，我们已经心照不宣。

"卡特，好像有候补者想到饭盒里来呢？"

"等回来再理会它们吧，这儿我熟悉。"卡特答道。

卡特当然熟悉，方圆十五公里以内有几只鹅腿他都能了如指掌。

卡车到了炮兵阵地。为了躲避空中侦察，那些炮台发射位都用灌木伪装起来，仿佛是军队里在过什么住棚节。倘若里面藏着的不是大炮，远处看过去还真是一派欢乐景象。

这儿的空气伴随着炮火的浓烟和迷雾而变得浑浊不堪。人们嗅着空气融入舌头上的味道，有一种异样的苦涩。排炮的轰鸣声震得卡车来回晃动，回声也滚滚传来，一切都被它吼得颤动起来。每个人的神情都在微妙地变化着。我们虽然只是后备部队，并不用在战壕里，但从每个人的脸上都可以读到一样的意思：这儿便是处在前线了，我们已经到达这里了。

这倒不是恐惧。对于我们这种多次上过战场的人来说，早就习以为常了。只是那些年纪小的新兵才会躁动不安。卡特告诫他们说："那个是十二英寸① 口径的大炮，你们听到的是他们发射的声

---

① 1英寸约2.5厘米。

音，爆炸的声音马上就要到了。"

不过那炮弹沉闷的爆炸声并没有传到我们这儿。它早就被前线的混乱嘈杂声给吞没了。卡特说："今天晚上的轰炸会非常猛烈。"

我们都侧耳倾听着。前方战况实在太激烈了。克罗普说："英军早已经开始轰炸了。"

炮声响彻整个前线战场。那是英国的炮兵连，在我们的右侧。炮击开始的时间比我们推测的提前了一个小时。他们以前都是十点才开始炮击我们的。

"他们到底在想什么？"米勒嚷嚷着，"他们的表肯定都走快了。"

"跟你们说，一场猛烈的炮击就要来了，我已经感觉到了。"卡特挺了挺胸说道。

三发炮弹在我们旁边炸响了。火光呼啸着划破了夜幕，大炮嘶吼着、轰鸣着。我们浑身发抖，但一想到只要熬过今晚，明天一早就能返回营棚，大家心情也就变得轻松了。

我们每一张脸并不比以前惨白，也不比以前通红；既不是紧张，也不是松懈，但是它们确实是变了样子。我们感觉到了，在我们的血液里，有个触点像潮水一样沟通了。这不是修辞，这是事实。那是前线，是前线的意识，只有前线才能有这样的沟通。在第一批炮弹急驰着、空气被炮火撕开的那一瞬间，在我们的血液、双手，还有睁大的双眼里，突然都出现了一种为了躲避打击而低头的期盼与等待，一种强烈的预防警觉，一种本能的感官灵活性，浑身的器官也都同时高度地戒备着，我们的身体一下子做好了充分的准备。

我常感觉到，那就像是震动的、纷乱的空气，它悄无声息地向我们扑面而来；又如同前线放射出的莫名电流，刺激着我们那不知名的中枢神经，将它们全都唤醒了。

每次总是这样：当我们作为普通士兵来到前线时，都是忧心忡忡或兴高采烈；之后面对一批炮座阵地，随即我们谈话中的每个词和往常相比都有了改变。

先前卡特在营棚前所说的"今晚的轰炸会非常猛烈"时，只是他个人的看法；但是如果他在这儿说的这句话，那无异于在黑暗中拿一把锐利的刺刀，插入我们的思想和心灵深处，它会对我们内心潜藏着的莫名苏醒过来的东西说出——"今晚会有猛烈的炮击"。或许这正是我们潜藏得最深、最隐秘的生活，正在激烈地颤抖着、抗争着。

我把前线当成一个神秘又可怕的旋涡。就算我站在平静的水面上，距离它的中心还很远，可它强大的牵引力仍然缓缓地、不容摆脱地把我从平静的水边往正中心吸引。

从大地上，从空气中，种种防御的力量注入了我们的心里，当然更多是大地给予的。大地对于任何人来说都没有对士兵那样有意义。当他们长久地紧贴着大地时，当他们在面对炮火冲击的巨大恐惧把自己的身体掩埋在大地的怀中时，大地接纳着每一名士兵，让他们躲避着炮火的轰炸，寻找到生存的慰藉。它是他们唯一的朋友，是他们的兄弟，或者说得更确切些，应该是他们的母亲。他们的恐惧、叫喊、绝望都发泄到它那安静的躯体中，等待他们十秒钟，再活十秒钟，然后再次拥抱他们；但当它再次拥抱他们时，也许真的便是永远地抱住了他们。

啊！大地！大地！

大地，你的每一处洞孔、每一处洼坑，甚至每一处褶皱，人们都可以毫不犹豫地跳进去蹲伏下来，然后动也不动！大地，是你从恐怖的痉挛中、从毁灭的呼喊声中、从爆炸的惨叫声中给了我们重新生存下来的力量！我们在疯狂的弹雨中被撕碎，却又从你那里找到新的存在。因此，我们在获救之后，深情地埋入你的怀里，无言地度过煎熬的几分钟时间，用我们的嘴唇去咬住你。

听到一声轰响，炮弹的轰鸣声已使我们存在的那一部分猛地回到一千年前的情形。就是那种潜藏的动物本能，在指引和保护着我们。这种感觉并不是意识里的，它比意识更迅速、更可信。谁也解释不清为什么。比如，一个人无意识地走着，突然扑倒在一个土坑里，随后是暴风骤雨般的弹片从头顶上方飞过。恐怕连他自己也搞不明白。因为他并没有听到炮弹飞过来的声音，也不记得自己想要往地上卧倒。但如果他没有屈服于这种冲动，他现在肯定已经血肉模糊，化为炮灰了。正是这种特别的感觉，即我们身上有预见性的嗅觉，让我们的扑倒下去，救了我们自己的性命。可我们自己也说不明白到底为什么会那样。如果没有那种嗅觉，那么从佛兰德到孚日，我们早就死光了。

我们出发时是忧心忡忡或兴高采烈的士兵。一到前线，我们便已成为一群人形的野兽了。

我们穿过一片稀疏的树林，再经过战地流动厨房，便到了树林后面。等我们都下了车以后，卡车便回去了，到次日凌晨之前再回来接我们走。

浓郁的雾气和白茫茫的硝烟散落在草地上，到齐胸高的位置。月光照射下，隐隐约约有部队正在公路上行进着。他们的钢盔在月色下闪耀着，反射出暗淡的光泽。一会儿看清有人头和步枪出现在夜幕中，时隐时现地像是在点头，步枪的枪管来回晃动着。

再向前走，雾渐渐地淡了。在这儿，一切都看得更清楚了。衣服、裤子、长靴都从迷雾里显露出来，宛如从乳白色的水池中冒出来一般。他们形成纵队，直直地向前行进。这些人渐渐汇集成了一个长木条的形状，很快就分不清一个个的人样了，只是一块黑漆漆的长木条在移动着，融入了白色雾池之中的人头与步枪，形成了奇特的景象。这个纵队，不是一个个的人。

轻型大炮和弹药车沿着一条横向的道路行进。马的曲线在轻柔的月光照射下显得十分美丽，脊背闪动着，脑袋不时地上下抖动，眼睛一眨一眨的闪闪发光。这些大炮与车辆在明月清风模糊的背影下滑过，让人不由得想起古代身披盔甲、骑着宝马的骑士，真是英姿飒爽。

我们继续前进，来到工兵库房，我们中有一些人把那些弯曲尖细的铁桩扛在肩膀上，也有人把铁丝网用光滑的铁棍穿起来，然后扛着它们又出发了。这些沉重的东西让人厌烦。

地面越来越坑坑洼洼了，前头有人警告道："当心，左边有弹坑！""小心战壕！"

大家瞪大眼睛，紧张地朝四处张望着，我们先用脚尖和手中的木条试探着前头路面，然后再踏实走上去。队伍突然停止前进，一会儿又听到前边有人在谩骂，说是有人的脸撞在前头那人的铁丝网上了。

马路中间躺着几辆被炮击毁的汽车。前边又一道命令传来。"把香烟和烟头熄灭！"——我们很快就要到战壕了。

这时候，天色变得一片漆黑。我们绕过一片小树林，接着前线就浮现在我们眼前了。

一束微弱的红色光点沿着地平线从一边移动到另外一边。它不断地运动着，不时被浓浓的炮火割断。一连串闪亮的光球高高地升到天空，接着就是银白色和红色的光球，它们在上空四散炸开，变成五颜六色的星星，像雨点一样洒落下来。法国火箭筒发射了上去，接着一顶顶丝质的降落伞在空中展开，缓缓地飘落下来。世界被照耀得如同白昼，光线一直照射到我们这里，我们也在亮光中看到自己的身影投射在地面上。它们晃动了大约一刻钟便熄灭了。很快新的光球又随火箭高高升起，四处分散，接着又是红的、绿的、蓝的星雨飘散下来。

"糟糕透了。"卡特说了一句。

大炮沉闷的轰鸣声和爆炸声在巨响之后便四分五裂地飞散开来。机关枪单调地发出干巴巴的噼啪声。我们头顶的空气中充满了看不见的快速移动，伴随着咆哮、呼喊、嘶吼。那都是相对较小的炮弹，其后还有大口径重炮的巨响声汇合在中间，就像激扬的风琴在整夜地鸣奏。这些炮弹划过天际，散落在我们后方很远的地方。它们仿佛是发情的公鹿一般，在远处滚动着、穿梭着，放纵地发出沙哑的吼叫，顺着轨道狂奔而去。这声响还让我想到一群群大雁。去年秋天，成群的大雁日复一日地飞过那些炮弹铺成的道路。

探照灯的强光照射着黑蒙蒙的夜空。灯光在空中滑过，像一条条巨型的直尺来回闪动着。有一道探照白光停下来，轻微地抖动了一下。另一道探照白光接踵而至，它们相互交叉，一只黑色甲虫正飞快地逃遁着，试图挣脱：那是一架不幸的侦察飞机。它在强光的照射下摇摇晃晃地坠落了下来。

我们把铁桩十分均匀地扎进地里，铁桩和铁桩中间保持了一定的距离。每组都有两个人拿着又尖又刺的铁丝网，剩下的人负责把它给拉开来。铁丝网有着密密麻麻的尖刺，真叫人讨厌。我不习惯拉网的活，因此手被扎破了。

几个小时之后，我们终于干完了这个活。但还得等些时候，载重车才会开到这里来。我们大多数人便躺着睡觉。我也准备闭上眼睛，但是天太冷了，而且我们已经靠近海边，很快就会被冻醒。

一次，我好不容易入睡。忽然从梦中一下子惊醒，迷迷糊糊地搞不清自己在哪里。我看见天空中飞舞着的星星、火箭筒，有那么一瞬间，我误以为自己是在花园的庆典活动中睡着了。我分不清是清晨还是傍晚，我躺在薄雾灰白色的摇篮里，留心聆听着即将到来的温柔的声音——我哭了吗？我抬手揉了揉眼睛，真奇怪呀，我变成一个孩子了吗？但仅仅隔了一秒钟，我便看到了卡特钦斯基的背影。那个老兵，安静地抽着烟斗，一动不动地坐着。他见到我醒来时说道："你肯定给吓了一跳吧，别大惊小怪，刚才只是一个引爆装置，掉到那边灌木丛里去了。"

我坐起身来，感到一种异样的孤独。好在卡特就在旁边。他若有所思地看着前线，说道："要不是这么危险的话，当作焰火，还真是好看极了。"

一颗炮弹落在我们身后。几个新兵吓得不由自主地跳了起来。几分钟后，又开始对这儿炮击了，这次落在了离我们更近的地方。"猛烈的炮击快来了。"卡特边说边敲落着烟灰。

炮袭真的开始了。大家在匆忙中竭力想避开，偏偏一颗炮弹正好落到我们当中。有两个家伙尖叫起来。地平线上升起绿色的火箭筒,向天际飞蹿而去。泥土高高飞起,劈头盖脸地向四面八方散落。在轰鸣的爆炸声过去了很久之后,仍然能听见轰隆的炮声。

在我们身边躺着一个被吓坏了的淡黄色头发的新兵,他用双手捂着脸,钢盔已经掉落在了一旁。我把钢盔捡起来,想帮他戴在头上。他抬头看了一眼,便推开了,像个孩子一样钻到我胳膊下面,头紧贴着我的胸脯。他小小的肩膀还在不停地颤动着。这肩膀,和克默里希的简直一模一样啊。

我任由他这样。为了钢盔能有些作用,我又把它盖到新兵的屁股上——这并不是拿他开玩笑,而是有所考虑,那确实是他身体最突出的地方,况且也不能白白浪费了一顶钢盔。那儿虽然皮肉厚实,但真要挨一枪也让人受不了,何况那样的话他还要在战地医院里躺上几个月,以后走起路来便只能一瘸一拐的了。

某个地方有人被击中了。爆炸声的间隙,人们此起彼伏的呼号声充满了整个战场。

响声终于平息了一些。炮火从头顶上飞过,落向我们最后边的预备队的战壕里。我们冒险抬头观望,看见红色的火箭弹在天空中飞射。或许进攻就要到来了。

渐渐地我们所在的地方平静下来了。我坐起身来,晃了晃那个新兵的肩说道:"好啦,没事啦小家伙,这一次又顺利过去了!"

他惊恐未定,不安地注视着周围。"你很快就会习惯的。"我对他说。

他看到了自己的钢盔,拿起来戴在头上。他逐渐恢复了平静,满脸涨得红红的,显出一副既狼狈又害羞的样子。他轻轻地伸手摸了摸屁股,神情很痛苦地看了看我。我知道这是枪炮声引起的失禁。我也并不是因此才把钢盔扣到他屁股上的。"没什么好丢脸的,在你之前,不少人第一次经历也弄得满裤子都是,很正常的。快,到灌木丛后面扔掉你的内裤,去吧。"我安慰他说。

他害羞地离开了。周围一切都那么安静。只是号叫声并没有结束。"阿尔贝特,那儿发生了什么?"我问道。

"那边有几个纵队被袭击了。"

号叫声依然没有停止,却不像是人发出的,人的号叫声不会这么可怕。

"是马受伤了。"卡特说。

我从来没有听过马发出这种叫声,那声音实在叫人难以忍受。这是世界的不幸,这是受难的可怜生灵,它们只能歇斯底里地痛苦呻吟,听得让人毛骨悚然。我们脸色惨白了。德特林站起来怒气十足地喊道:"天哪!这太残忍了!开枪把它们打死吧!"

他是个庄稼汉,是非常喜爱马的。现在这种情景让他怒不可遏。炮火似乎也在故意捉弄人,轰鸣声低沉了下去,而马的哀鸣嘶叫却显得更加响亮。谁也不知道,在这样一幅静谧、银色的景致中,那声音究竟是从哪传来的，它仿佛幽灵似的，无迹可寻，又无处不在，像电波一般回荡在天宇之间，潜入了每一个人的耳膜。德特林发怒地吼叫道："打死它们啊！用枪把它们都打死，你们这些家伙。"

"可他们先要照顾人呀。"卡特说。

我们站起来，想看看到底所处的是什么位置。要是能看到那些牲畜，我们会稍微好受一些。米勒有一架望远镜。我们看到一群黑乎乎的护理员抬着担架，还有一堆黑乎乎的东西在那边挪动着。那就是受伤的马匹，但并不全都是。它们有的发疯似的向远处狂奔，跌倒了，站起来往更远的地方跑去。有一匹马的肠子从肚子里拖了出来，它自己被这些东西缠住、绊倒后，又痛苦地挣扎着站了起来。

德特林举起步枪想要瞄准射击，被卡特推开枪口制止住了。"你疯了吗？"卡特吼道。

德特林颤抖着把枪扔到地上。

我们坐下来，双手紧紧捂住耳朵。但是这实在让人心碎，那可怕的悲鸣、哀号仍然涌入耳朵里。

我们对绝大多数事情都可以忍受。可是现在的我们却汗水涔涔地直流。我们真想一口气跑得远远的，不管跑到哪里，只要能够不再听到这凄惨得令人发指的哀鸣声。而它们还并不是人，仅仅只是几匹马。

又有担架在黑乎乎的一堆东西中穿梭着。而后响起几声枪响，那高大的黑团颤抖了几下便倒下去了。动了一会儿，便平静下去。

终于等到了!但是还没有结束。人们追不上那些惊恐狂奔着的、受伤的马,它们张着嘴,万分痛苦。有个人半蹲着开枪打倒一匹,接着又开了一枪。另一匹马用前蹄支撑着,脊背淌着血,身子像木马一般旋转着,它蹲在那里,背部可能已经被打烂了。有个士兵过去,对准它开了一枪。它便温顺地、缓缓地倒在地上了。

我们把捂着耳朵的双手松开。四周已经一片沉寂。耳朵里传入长长的、逐渐衰弱的哀伤和叹息。隔一会儿又只剩火箭筒、炮弹的歌声和星星在空中飞舞着——那是非常奇怪的。

"我很想知道,这些悲哀无辜的受难者究竟犯了什么罪。"德特林走来走去,愤怒地咒骂着,接着又走回来。他的声音很激动,听起来相当郑重:"我和你们说,把马带到战场上是最无耻的行为。"

我们开始往回赶,估计载我们的卡车快到了。天色稍微亮了一些,大约是凌晨三点钟左右,清风送爽,微雾迷离。这灰暗的时辰让我们的脸都蒙上了一层面纱。

我们排成单行摸索着向前进,跨过一条条战壕和一个个弹坑,艰难地走进了一块飘散着迷雾的地区。卡特四处张望着,显得心神不定,好像预感到有什么不好的事要发生。

"你没事吧,卡特?"克罗普问。

"我真希望立刻就能回到家里!"家——我知道他说的是营棚。

"很快了,我们会走出这里的,卡特。"

"我不知道,我不知道……"他显得特别焦躁。

我们走进了交通壕,之后又走进一片开阔的田野。小树林重新出现在了我们眼前,这里的每一寸土地都是那么亲切。那边就是一片墓地,整齐地排列着一个个坟堆和一个个黑色的十字架。

在那一瞬间,一阵嘶嘶声从我们身后逼近,它逐渐增强,最后竟又成了那讨厌的爆裂声和隆隆的轰鸣声。我们赶紧弯下身子,就在前方一百米远的地方,一团火光笔直地冲上天空。

不一会儿,随着第二次轰击声,一部分树林慢慢地升向天空,三四棵树一起飞了上去,被连根拔起直冲树林的顶部,然后纷纷裂成了碎片。跟着飞射过来的炮弹像锅炉被打开阀门一样,非常猛烈。

"趴下!"有人大喊道,"快隐蔽!"

田野过于平坦,树林又太远,也很危险;除了墓地和坟堆,再也没有什么掩体了。我们在黑暗中跌跌撞撞地靠了过去,每个人都紧紧地贴到一个坟堆后面,像是被唾沫粘住似的,一动不动地等待着。

说时迟,那时快。可怕的黑暗发疯了。它滚动着、呼啸着。那比黑夜更黑的黑暗跨着巨人的步伐冲了过来,又从我们头顶咆哮而去。爆炸的火光不时点亮墓地的上空,像是点起了一盏盏闪光的明灯。

看不到任何一条出路可以离开。我借着炮弹炸起的光亮终于看到了草地。那简直是一片汹涌的海洋,炮弹喷射的火舌宛如海浪般不停地跳跃飞驰着。我们打算从草地上穿过的想法是完全不可能的。

树林已经消失了，它在炮弹的蹂躏下被炸得一片狼藉。我们只能待在这片墓地里了。

大地在我们面前爆裂开来。泥沙像倾盆大雨般散落下来。我的衣袖也被扯破了，感觉被什么东西使劲拍了一下。我立刻握紧拳头，并不觉得疼痛。然而我还是有些担心，伤口都是要到后来才觉得疼痛的。我很快把整个胳膊摸了一遍。才发现只是擦伤了点皮，但还是完好的。就在这时，我忽然感觉脑袋被猛击了一下，我的知觉开始变得模糊。但我尽力镇定下来，我的意识在反复地告诉自己：一定不可以倒下！我沉入了黑色的混沌里，又立刻清醒了过来。刚才是我的钢盔被一块碎弹片狠狠地砸了一下，好在弹片是从很远的地方飞来的，力量已经减弱，才没有戳穿钢盔。我擦去眼里的泥沙，发现我的面前居然被炸开了一个大坑。我知道通常炮弹是不可能再击中先前的弹坑的，所以我打算躲进去。猛然向前一跳，我像一条钓上来的鱼一样，紧紧地伏在地上，接着响起一阵嘶嘶声。我迅速地向前爬行，伸手从地上抓住什么东西，用来掩盖一下身体，我在左手边摸到一样东西，我急促爬了过去，那东西让开了，我呻吟了一下，便感觉天塌地陷一般，雷鸣般的爆炸声不断在我耳边回响，我慢慢地爬到那个让开的东西下面，把它掩盖在自己身上。那是块木头，是块布，是用来躲避那呼啸而来的纷飞弹片的可怜掩蔽物。

我睁开双眼，发现手里竟抓着一只袖子，是一条断臂。是伤兵吗？我便对着他喊，没有应答，他已经死了。我的手又继续往前摸，在我周围摸到一些木头的碎片，这才想起我们此刻还是在墓地里。

不过密集的炮火比其他一切都更厉害。它抹去了我的知觉和情感，我努力爬向棺材更深的地方，因为只有它才能拯救我、保护我。尽管此时此刻死神就躺在这里。

我眼前出现了弹坑，像一张大嘴。我用眼睛盯着它，像是在用拳头抓住它。我想我只能纵身一跃钻进去了。这时好像有人扇了我一个耳光，一只手抓住了我的肩膀。是不是那死人又活过来了？那手拽着我，摇动着让我回头看去，在稍纵即逝的火光中，我看到了卡特钦斯基的脸。我看见他的嘴张得很大，冲着我大喊大叫，但我听不到他在喊什么，他又摇了摇，凑过身子向我靠近；在炮声停止的一瞬间，他冲着我的耳朵大声喊道："快把话传过去，有毒——有毒气！快！"

我迅速伸手取出我的防毒面具，发觉离我不远的地方还有个人躺着不动。此时我别的什么都不想，只想到一件事：一定得告诉他，有毒气，是毒气！

我使劲喊着，又拼命往前爬。我用背包朝他挥打过去，他却丝毫没有反应，我一次次地击打他，他却只是埋头躲在那儿。他是个新兵。我绝望地看了看卡特，他已戴好了防毒面具，我也赶紧戴好自己的面具。我的钢盔滑向一边，面具正好就戴在我的脸上。我靠近那个人，情急之下，我伸手把那人的背包解开，取出了他的防毒面具套在他头上，他这才明白过来，紧紧地抓住。我松开手，然后纵身跳到那个弹坑里。

毒气弹的沉闷声、炸弹的巨响声以及金属器碰撞敲打声铺天盖地的掺杂在一起，向四周发出狂乱的鸣奏，威胁并警告着所有人：毒气！注意毒气！

在我后面突然有人扑通跳了下来，一个，两个。我擦去防毒面具镜片上的水汽，这才看清楚原来是卡特、克罗普和另一个人。我们四个人一起躺着，怀着沉重的心情焦急地等待着，心都在怦怦乱跳，尽可能小心地呼吸。

戴上防毒面具的最初几分钟，可能决定着人的生死：防毒面具是否封闭严密呢？我依然记得在野战医院看见的可怕景象，中了毒的伤员连续数天总是呼吸困难，不停地咳嗽着，把烧伤的肺一块块吐出来。

我小心翼翼地把嘴放到防毒面具的阀门上呼吸。这时毒气在地面上缓缓舒展着，渗透到每一个坑坑洼洼的洞里。它懒懒地蜿蜒着，像一只正游动着的巨大的水母，很快便游到我们的弹坑里，悠闲地在里面徘徊着。我示意卡特最好爬到上面去，总比待在最容易聚集毒气的地方要好。可我们还没来得及这样做，又一次凶猛的炮击就开始了。而这一次却不像是炮弹在轰鸣，更像是大地本身在愤怒地发泄着。

随着一声巨响,一个黑乎乎的东西从半空中朝我们飞扑过来。它恰好就落到我们身旁的地方,那竟然是一口被高高抛起的棺材。

我看到卡特动了一下,便爬了过去。那口棺材正好打在我们这个坑里另外那人的胳膊上。他本能地用另一只手去摘防毒面具。克罗普赶紧采取行动,上去使劲地按住他,又把对方那只手扭到背后牢牢抓住。

卡特和我也赶忙过去动手帮他把那条受伤的胳膊往外拉。那棺材早已松动,随即便裂开了,我们轻而易举地把它掀开,倒出里面的尸体,让它慢慢滑到下方的土坑里,然后我们设法去松开棺材的下面的部分。

幸亏那个人已经失去了意识,而且克罗普也能帮助我们。我们不用再那样过度小心,只需要放开手脚使劲干,直到大家齐心协力把铲子插到棺材底下,使它松开就可以。

天色越来越亮了。卡特拿了一块棺材盖的碎板,把它绑到那只受伤的胳膊下面,我们用绷带勉强把它和胳膊固定在了一起。眼下我们也只能做到这一步了。

我的头在防毒面具里嗡嗡直响,大脑像要炸裂了似的,简直就快被闷死了。我的肺部感到紧张,因为一直在呼吸这里灼热而浑浊的空气,我太阳穴上的青筋都暴出来。我觉得我快要窒息了。

一道灰蒙蒙的微弱光线射到我们身上,微风轻轻掠过墓地。我爬出弹坑的边缘。透过污浊暗淡的晨光,一条被炸断的腿横在我面前，上面的靴子完好无损，此时所有的一切我都看得一清二楚。这时我看见在离我几米远的地方有人站了起来，我擦了擦防毒面具的镜片，可我因为过于兴奋，面具的镜片擦了几次都还模模糊糊的。透过镜片，我看见那个人并没有戴着防毒面具。

我等了几秒钟，那个人并没有昏倒——他朝四处张望着，走了几步。风已经吹走了毒气，过滤了空气。我的喉咙由于呼吸不畅发出咕噜声，于是我也把面具摘下来，躺倒在地上。空气宛如凉水一般汇入我的体内，我瞬间感觉自己的眼睛要炸开似的，气流从我身上扫过，把我淹没了。

炮击已经停止了，我转向弹坑里，招呼着其他人。他们也都爬出弹坑，摘下了防毒面具。我们把那受伤的士兵抬起来，有人还帮他托着那只受伤的胳膊。然后我们便急急忙忙地摇晃着离开了。

墓地一片狼藉，成了废墟。棺木和尸首撒得到处都是，他们又死了一次。不过每一具被炸飞的尸首，都救护了我们一个人的性命。

篱笆全被炸毁了，军车的轻便铁道也被彻底破坏了，它们弯成一个个圆拱形，高高耸起伸向天空。有个人躺在前面，我们都停了下来，只有克罗普仍旧扶着那名伤员离开了。

地上躺着的那个人是个新兵。他的臀部沾满了血。他看起来很疲倦，我伸手去拿我那只装朗姆酒和茶的水壶。但卡特抓住了我的手，随后凑上去俯身问道："朋友，你哪儿受伤了？"

新兵的眼珠动了一下，他实在太虚弱了，已毫无说话的力气。

我们小心翼翼地割开他的裤子。他呻吟了几句。"慢一点，轻一点，这样好多了……"

要是他是伤在肚腹，可就不能喝任何东西了。所幸的是他倒没有呕吐，情况还算好。我们露出他的臀部，它已经被炸得血肉模糊。他的关节被击中，这个新兵可能再也没法走路了。

我用一根指头蘸了水，轻轻地涂抹他的太阳穴，又给他喝了一口水。他眨了眨眼睛。我们这时才发现他的右胳膊也淌着血呢。

卡特把急救用的纱布尽量铺开，以便把伤口都包裹住。我想找些可以宽松包扎的材料。可是我们什么东西都没有了，所以我只好撕开这个伤兵的裤脚管，想从他衬裤上撕下一条作为绷带来用，但他里面什么也没穿。我又仔细地看了看他，原来他就是之前那个淡黄色头发的年轻新兵。

这时候，卡特已从一个死者的口袋里找来一条急用的绷带。我们小心地把它包扎在他的伤口上。小伙子目不转睛地看着我们，我对他说："我们现在得去帮你找一副担架。"

他张开了嘴巴，有气无力地说："别扔下我……"

"我们很快就会过来，现在只是去帮你找一副担架。"卡特说。

我们不知道他有没有听清我们的话，他像个孩子一样眼泪汪汪地呜咽着，用手拉住我们："请别离开……"

卡特环顾了一下四周，低声说道："我们是不是应该干脆拿把左轮手枪,结束这一切?"

这可怜的小伙子已经危在旦夕了,肯定受不了来回搬运的折腾了,他最多只能再坚持几天。他到现在为止所经历过的痛苦,远比他临死前将要经受的痛苦少得多。他现在还处于麻痹状态,没有任何感觉。一个小时后,他将会因为难以忍受剧痛而只剩下尖叫的份儿。他多活一天,就要多忍受一天令人发狂的折磨。况且对其他人而言,他的死活又有什么关系呢?

我点了点头。"卡特,我看就依你,让他从痛苦中解脱吧。"他站着愣了一会儿,好像在下定最后的决心。我们看了看四周,但这时已经不止是我们几个人了。有一小群的人从弹坑和战壕里晃动着爬了出来。

我们为他找来一副担架。

卡特不停地摇着头低沉地说:"他还只是个孩子。"然后又说了一遍,"太年轻了,无辜的小伙子……"

这次的伤亡比我们预想得要小一些:死了五个,伤了八个。事实上,这是一次相当短的轰炸。其中有两名死者正好躺在被炮弹炸开的墓穴里,我们只要铲些泥土把他们就地掩埋了就可以了。

我们往回走。大家排成一行,一个跟着一个,默默地、无精打采地快步走着。伤员被送进了医疗站。早晨天色昏沉沉的,那些照顾伤员的人正忙着查看名卡和牌号,跑来跑去,受伤的士兵呜咽着。天空开始飘洒起雨来。

大约一个小时后,我们才回到来接我们的运输卡车那里,一个个爬到车里去,车里比来的时候宽敞多了。

雨越下越大了。我们拿出防水布,把它们盖在头顶上。瓢泼大雨如击鼓一般敲打在上面。汇成一道道水流从两侧急泻下来。卡车哐当哐当地涉水穿过坑洼路面,我们就在半睡半醒之间随着车身的颠簸而前后摇动。

在车厢前面,有两个人拿着很长的权杆。他们注意着横挂在马路上的电话线,它们架设得太低了,很可能会扯到我们的脑袋。那两个人瞅准时机,用权杆把电话线抬起来,并把这些东西从我们头顶挑过去。我们听到他们喊道:"当心!电话线!"我们就在半梦半醒的状态中机械地弯弯腿,然后又把腿竖起来。

运输车单调地晃荡着,不时传来单调的喊叫声,雨水也单调地滴落在我们头上。它掠过我们头发,降落到死去者的头上,降落到那年轻的新兵身上,对于他的臀部来说,他的伤口未免太大了。雨水降落在克默里希的孤坟上,也无声地降落到我们的心里。

某处传来强烈的爆炸声。我们颤动着,神经也重新紧张起来,大家的双手握着侧面的挡板,随时准备从卡车上跳到路旁的泥沟里去。

好在有惊无险,什么意外都没有发生。只剩那单调的喊叫声:"当心!电话线!"我们弯下腿,又处于半睡半醒的状态了。

第五章

如果一个人身上有密密麻麻的虱子，那么要把它们一个个地掐死，是件很困难的事。这些小动物身体硬邦邦的，用指甲一个接一个地把它们掐死，没多久就会令人疲倦。所以恰登想了个好法子，他用鞋油盒的盖子固定在铁丝上，同时在下面点上一段蜡烛。事情变得简单起来，只要把那些结实坚硬的虱子往里一扔，它们就被解决了。

我们围坐成一圈，把衬衫放在膝盖上，上身裸露在暖和的空气里，两只手不停地进行着前面的动作。海伊身上有一种品种优质的虱子：它们的头上都有一个红色的十字。所以他声称它们是从图尔豪特野战医院带来的，它们都属于一名军医。他说将用鞋盒里聚集越来越多的虱子油来擦他的长筒靴。就为了他这个笑话，他居然一个劲儿狂笑了整整半个钟头。

不过他今天没有取得什么积极的反应，因为大家都在专心地想着另一件更重要的事呢。

谣言已经成为了事实。希默尔施托斯昨天真的也到了这儿。那个声音我们都太熟悉了。听说他在家乡翻耕过的田地里照旧残酷地训练新兵。但正巧其中有一个是地方执法官的儿子,因此他就倒霉了。

在这里还有很多事情会让他感到惊奇的。恰登早就开始琢磨了,苦苦思索该怎么搭理他。而海伊若有所思地盯着自己的大手,还跟我挤了一下眼。那次夜间偷袭对于他来说真是一次快事,他告诉我,他甚至做梦都在想起那件事呢。

克罗普和米勒正津津有味地聊着天。克罗普搞来了满满一饭盒的豆子,可能是从工兵炊事班或其他什么地方弄来的,引得米勒贪婪地盯着看,但很快又装作若无其事的样子,问道:"阿尔贝特,要是一下子就和平了,你准备干什么?"

"哪会有和平呢?"阿尔贝特干脆地说。

"我说如果,万一呢——你会有什么打算呢?"米勒坚持问道。

克罗普怒气十足地咆哮:"那就远离这鬼地方!"

"这个我知道,那么再往后呢?"

"我就喝得一醉方休。"阿尔贝特说。

"说正经的,别在那胡说八道……"

"本来就是这样嘛,"克罗普说,"除此之外,你说我还能干什么呢?"

卡特对这个问题也产生了兴趣,加入了他们的谈论。他向克罗普要了些豆子,吃了几口后考虑了一会儿,说道:"那就不妨先大醉一场,然后你就得坐下一班列车回家去了,我的兄弟,那可是和平啊，阿尔贝特……"

"这是我的老婆。"他从油布信夹里拿出一张照片，自豪地给大家传看，然后把它收回去放好，大骂道："这该死的战争——"

"你说得对啊！"我说，"你是有老婆和孩子的人。"

"没错。"他点头说，"我还得想办法让他们有东西吃。"

我们笑了。"这方面，他们是不会少的，卡特，你总有办法搞到吃的。"

米勒对这些回答并不满足。他又叫醒正在睡梦中的海伊，问道："海伊，要是和平了，你打算做什么？"

"他肯定因为你整天尽做这些白日梦，对准你屁股狠狠踢一脚，"我说，"怎么可能有和平呢？"

"那房顶上怎么会出现牛屎呢？"米勒反驳我，又转头看着海伊的脸，期待他说话。

这可超出了海伊的理解和认知了，他摇了摇头，显得很伤脑筋。"你是说打完仗，等到战争结束以后，是吗？"

"是啊，你说对了。"

"那时候，不就有女人啦，对吗？"海伊想了想，眯缝着眼睛说。

"没错。"

"那不就得了嘛。"海伊灿烂地笑了，"到那时，我要找个丰满年轻的，必须是一个真正的厨娘，你们知道，满身都有那么多东西可以去抓，然后一下子就跳到床上去。想一想吧，小伙子们，在那张真正铺着羽毛褥垫的弹簧床上，我一个星期都不用穿裤子。"

大家都沉默了。静静地幻想着这美妙的画面。我们都打了个寒战，身上泛起一层鸡皮疙瘩。还是米勒先清醒过来，问道："那之后呢，又怎样？"

停顿了一会儿，然后，海伊有些不好意思地说："如果我当上军士了，我宁愿继续在军队待着，服满我的军役。"

"海伊，你是发疯了吗？"我说。

"你挖过泥煤吗？你应该先去试着挖挖看，然后便什么都能理解了。"他微笑着说。接着又从靴筒里抽出一把汤勺，伸进克罗普的饭盒里。

"那至少要比在康帕涅挖战壕强一些吧。"我回答道。

海伊嘴里咀嚼着，同时脸上泛起笑容，说道："不过，在那里的时间要长一些。而且只要进去就别想再出来了。"

"但是，老兄，在家里自然是更舒服的，海伊。"

"或许吧，某些方面是吧，某些地方就不一样了。"他边说边张着大嘴，陷入了沉思。

人们可以透过他的表情明白他在想些什么。可以看到那是一间沼泽地上的破旧草屋，那是荒原上早出晚归的燥热中辛勤的劳动，那就是廉价的薪水，那就是他那脏得发亮的工作服……

"和平时期待在军队里是很轻闲的，你根本什么也不用担心的，你每天都有饭吃、有床睡，每周都有一批洗得干干净净的衬衣，当个军士做着自己分内的事务，你有自己的用品，到了晚上还可以自由地到小酒店里去。"

他已完全沉浸在他美妙的想象中了，他对自己的理想特别自豪，他接着又说："只要你服满十二年军役，你还能拿到一笔退役金，回去之后当个警察。整天闲逛就可以了。"

这时候，他洋溢着难以言表的喜悦。"你们可以想象一下，在乡村当警察，他们会用白兰地和啤酒来款待你呢。谁不愿意结交一个警察呢？"

"可是海伊，你怎么知道你会成为一个军士呢。"卡特打断了他的话。

海伊吃惊地看着卡特，便不再吭声了。但此时他的脑海里，依然还在幻想着秋夜的明月、荒原上丰收的周末、小乡村的钟声、夜里他和女仆们开怀逗乐地在一起，还有烟熏培根配上荞麦薄煎饼，以及在乡村小酒店里天南海北尽情胡侃的时光……

他不可能一下子就放弃这些美丽的幻想，因此，他只能愤愤地对米勒说："你们尽问这些愚蠢的问题。"

他把套衫从头上往下套好，把军装上衣的纽扣都扣好了。

"那你想干什么呢，恰登？"克罗普问。

恰登的心里永远只关心一件事。"记好，我要好好地教训希默尔施托斯这个混蛋，别让他溜掉了。"

他简直恨不能把希默尔施托斯装进一个笼子里,然后每天早上拿根棍棒狠揍他一顿。他兴奋地对克罗普说:"我要是在你的位置,就一定想方设法成为一名少尉。那你就可以天天收拾那个家伙,搞得他屁滚尿流。"

"德特林,那你呢?"米勒不愿放过每一个人,继续追问道。他好像天生就是个老师,善于提出各种各样的问题。

德特林是个很少开口说话的人。但是对于这个问题,他倒是做出了回答。他抬头看了看天说道:"我希望正赶上割麦子的季节。"说完他便起身离开了。

他总是在担心着。他老婆不得不照料农场。他们早就把两匹马从院子里牵走了。他每天都习惯性地翻看着报纸,想知道他家乡奥尔登堡那边是否有雨水。他们还没有把家里的干草收起来呢。

就在这时,希默尔施托斯突然出现了。他径直地往我们的方向走来。恰登的脸一下子涨得通红了。他伸直了身子平躺在草地上,激动地紧闭双眼。

希默尔施托斯犹豫了一下,放慢了他的步子。随后,他还是大步朝我们走了过来。我们都若无其事地坐着,谁都没打算起立。克罗普好奇地抬眼盯着他看。

希默尔施托斯站在我们面前,等待了一会儿。见没人搭理他,便开口询问道:"喂,这儿怎么样啊?"

几秒钟过后,并没有人理会他,希默尔施托斯有些不知如何是好。这个时候他多想摆出在训练场上的威风,罚我们奔跑。可他似乎意识到这儿并不是练兵场,而是前线。他打算再次询问,但并不对着我们全体,只是对着一个人说话,他希望这样做能够得到一点回应。因此他对着离他最近的克罗普试探地说:"噢,你也来了。"

但是,阿尔贝特并不是那么友好,只是淡淡地回答道:"比你来的时间久一点。"

他那嘴角上的红色小胡子抽动了一下,问道:"你们还能认识我吗?"

"当然,我可忘不了。"恰登睁开眼说道。

"这是恰登吧,是不是?"希默尔施托斯转过身去看着他说。

恰登抬起头来很傲慢地说:"那你知道你自己是什么东西吗?"

希默尔施托斯感到有些不安。"我们怎么这么亲切了,什么时候开始用'你'来称呼了?我们可没有在路旁的排水沟里一起躺过。"

眼下这局面让他难堪,甚至有些不知所措。他根本没想到会有人这样公开敌视他。他早已多了几分提防,肯定有人传过一些胡言乱语,说是要给他背上来一枪。

而关于排水沟的问题,虽然惹恼了恰登,但这次他显得很斯文,幽默地说:"不,我想还是你自己一个人躺那儿吧。"

希默尔施托斯脸一下子就涨得通红,瞬间怒气十足的样子。但还是恰登抢先发作，他一定要把对希默尔施托斯的谩骂全部倒出来。"你很想知道自己是个什么东西吗？你这条癞皮狗，你就是这么个东西！我很坦白地对你说，你就是条令人恶心的癞皮狗，我很早以前就想告诉你了。"说完"癞皮狗"这个词的时候，一种发自肺腑的喜悦从他那明亮的猪一般的眼里流露出来，几个月来所有的满足心情都堆集在了他的脸上。

希默尔施托斯这会儿也气急败坏地发作了，他叫喊道："你说什么？你这个浑小子，无耻下流的泥煤工！现在你给我起立，跟长官说话的时候，两脚脚跟必须靠拢了！"

恰登朝他摆了个手势。"稍息，希默尔施托斯，解散！"

希默尔施托斯是个冷酷的军规秩序的狂人。他甚至比德国皇帝还难以忍受被人侮辱。他大声地咆哮道："恰登，我现在以长官的身份正式命令你：起立！"

"除了这个，你还有其他的指示吗？"恰登问道。

"你到底服不服从我的命令？"

恰登很坦然地做出了回应。连他自己都没有意识到居然引用了一句著名经典作家的名句来作为结束语。然后他还转过身，冲着希默尔施托斯放了个响屁。

"你等着，我要让你受到军法处置！"希默尔施托斯简直是暴跳如雷了。说完这句话，我们看到他转身大步朝办公室那边去，不一会儿就消失不见了。

海伊、恰登像挖泥煤的工人一样肆无忌惮地大声叫嚷着。海伊笑得前俯后仰，不留神竟把下巴都笑得脱臼了，他突然傻傻地张着大嘴，一动不动地呆立着，毫无办法。阿尔贝特只能上前一拳打了过去，把他的下颚骨打回原位。

"如果他把你报告上去，事情弄大后可就麻烦了。"卡特担心起来。

"你觉得他会去报告吗？"恰登问。

"会，肯定会的。"我说。

卡特想了想说："你所受到的处罚，至少是五天禁闭。"

"禁闭五天不就是去休养五天嘛。"恰登一点都不害怕。

"可是，如果把你送到要塞去怎么办呢？"米勒一本正经地问。

"那更好，这次的战争对于我来说，就算是结束了。"

恰登是个开朗乐观的人。对他来说好像没什么事值得他去烦恼。为了不让那些人发火时就找到自己，恰登便拉着海伊和莱尔一起走开了。

米勒的话总是说不完，他又拽住克罗普继续着他的问题。"阿尔贝特，如果现在你就在家里，那么你准备干些什么呢？"

克罗普此时已经填饱了肚子，所以说话也变得温和了许多。"咱们班原来一共有多少人？"

大家一起算了一下。在我们二十人当中，已经死了七个，四个受了伤，一个住到了精神病院里。那么现在最多也就十二个。

"其中三个还当了中尉，你们觉得他们还能忍受坎托雷克的辱骂吗？"米勒补充说道。

大家都认为不会了，就连我们自己，都难以再忍受别人的训斥了。

"你们想想《威廉·退尔》的三重情节，你们觉得到底是什么意思？"克罗普忽然回忆起往事，不禁哈哈大笑起来。

"哥廷根林苑派的诗歌主张是什么？"米勒突然板着脸严肃地问道。

我不紧不慢地说道："大胆卡尔到底有几个孩子？"

"你这辈子都不会有出息，博伊默尔。"米勒叫嚷着。

"扎马战役发生在什么时候？"克罗普问。

"你缺少严肃认真的态度，克罗普，你坐下，三减……"我说道。

"在利库尔格的国家观念里什么任务最为重要？"米勒扶了一下他的夹鼻眼镜，轻声问道。

"请问这句话是说，咱们德国人只敬畏上帝，除此之外别的一切东西都无所畏惧呢？还是说咱们德国人……"我接着提问道。

"你来说说，墨尔本的城市人口有多少？"米勒反唇相问。

"如果连这一点都说不上来，你怎么能在生活中获得成功呢？"我气愤地问阿尔贝特。

"什么是凝聚力？"他这个时候打出了一张王牌。

关于这些琐碎的东西，我们记得的已经不多了。反正这些对我们来说毫无用处。在学校的时候，没人教过我们怎样在暴风雨中点燃纸烟，也没人教我们怎么用湿木头生火——或者教我们最好把刺刀戳进敌人肚子里，因为这样做，刺刀就不会像戳进肋骨时那样被卡住。

"这又怎样呢？我们终究是要重返学校课堂的。"米勒沉思一阵说道。

"除非对我们放宽要求，进行一次特别的考试。"我觉得这不太可能。

"对此你也需要准备的。就算经过一番辛苦，你勉强通过了考试，又会如何呢？大学生活的日子并不会轻松的。如果你没有钱，还不是一样得埋头苦读。"

"可总比现在好一些吧。但也未必，他们会教你的各种东西，都是乱七八糟的。"

克罗普完全同意我们的说法："从前线下来的人，是不会认真想这种事的。"

"那你还是要有一份工作呀。"米勒反对道，俨然一副坎托雷克的神情。

阿尔贝特用小刀剔着他的手指甲。我们对他这样的细心修剔感到惊讶。但是他这样做，只是在沉思罢了。他把小刀放在一边，继续说:"对的,就是这样。卡特、德特林、海伊你们都会重操旧职,因为你们有自己的老本行可以去继续做。就连希默尔施托斯也是如此。但是我们以前又干过什么呢?我们经历着这样的生活,"他指了指前线的方向说,"回去以后,我们还能适应其他生活方式吗?"

"我们必须领取养老金,而后才能在小林里独自生活……"说完,我便对于自己不切实际的痴心妄想感到羞愧。

"可是我们回去以后,又该怎么办呢?"米勒茫然而无奈地说道。

"我也不知道。先别想那么多了,只要先回去,然后什么都会知道的。"克罗普抖动了一下肩膀。

原来我们全都感到不知所措。"回去之后我们到底能做什么呢?"我又问道。

"我对什么都不感兴趣,别傻了,我们这些人迟早会客死在外的,我不相信所有人都能活着离开。"克罗普疲惫地回答道。

"每当我想到这些问题的时候,阿尔贝特,"过了一会儿,我翻了个身,朝天躺下看着顶棚说:"每当我听到'和平'这个词时,脑海里立马浮现出一个念头:如果真的出现了和平,我想我应该会做出一些不可思议的事情来。为了一些事情,你知道,在这里受罪也是值得的。可是现在,我什么也想象不出来。我唯一知道的是,那些关于职业、学习、薪水之类的种种谈论,都会使我作呕,因为这些东西一直都存在着，也确实令人反感。阿尔贝特，我什么也没有找到。"

突然，一切都让我感到十分渺茫，令人绝望。

克罗普也点了点头。"我们以后都会活得很累、很艰难。可是在家里的时候谁又会关心这些呢？这两年跟硝烟和炮火打交道留下来的记忆，是不会像脱掉一只袜子那样很快就能忘掉的。"

我们一致认为，这里所有人的情况都是一样的。不仅是我们这里的几个人，而是无论何处何地，每个与我们年龄相仿的人都是这样，只是有的人遇到的问题可能多一些，有的人可能问题少一些罢了。这其实就是我们这代人的共同命运。

阿尔贝特把这一点说了出来："是战争毁掉了我们的一切。"

他的话是有道理的。我们已经不再是青年了，我们不愿再充满激情地去面对这个世界。我们都在逃跑。我们在自我和人生的道路上逃避着、退缩着。当我们刚刚满十八岁、正对世界充满热爱和希望的时候，却不得不将这一切打得粉碎。随着第一声炮弹的爆炸声，它击中了我们的心灵，那一切的美好都被无情地毁灭了。我们丧失了和奋斗、追求、进步的联系。我们再也不相信这些东西了。我们只相信战争。

办公室的气氛活跃了起来。看来是希默尔施托斯带动的。那个胖乎乎的上士走在纵队的最前头。说来奇怪，几乎所有在编的上士,一个个都是肥头大耳的。

希默尔施托斯在他身后头跟着,一心想着要报复。他脚上的皮靴在阳光下闪闪发亮。

我们都站了起来,那胖上士高声问道:"恰登呢?"

我们当然都说没看见。希默尔施托斯复仇心切,愤怒地瞪着我们说:"你们肯定都知道,别想包庇他,我知道你们都清楚他在哪儿,赶快说出来!"

那个上士环视一番后,哪儿都看不到恰登。他试着用另一种方法。"告诉恰登,让他必须在十分钟之内赶到我办公室来报到。"说完转身走了,希默尔施托斯紧跟在他屁股后面,也气呼呼地离开了。

"我有一种感觉,下次我们去构筑工事时,我想在希默尔施托斯的大腿上面绕一卷铁丝网。"克罗普说了他的想法。

"我们还要跟他开很多玩笑呢。"米勒笑着说。

我们现在唯一的雄心壮志:好好治治这个蛮横无理的邮递员。

我走进营房里,给恰登报了信,让他躲起来。

然后,我们又另找了一处场所,大家一起躺着玩牌。这些事都已成了我们的专长:玩牌、咒骂、打仗。对于一群刚刚满二十岁的人来说,这些并不算多——但对于刚满二十岁的人来说,又似乎已经太多了。

半个小时后,希默尔施托斯又来到我们这里。见还是没有人理他，只好又问起恰登，我们都冲他摇摇头，耸耸肩。

"你们应该去给我把他找出来。"他坚持着说。

"请问什么是'你们'？"克罗普抓住他的话柄追问。

"你们这些人怎么了？"

"我请求您，别再跟我们用'你'这个词了。"克罗普就像个上校一样板着脸说道。

希默尔施托斯有些慌乱无措。"有谁用'你'这么称呼你们了？"

"是您！"

"是我吗？"

"嗯，是的。"

他苦苦沉思了一会儿，怀疑地看了克罗普一眼，显得有些犹豫，他自己也不明白那到底指的是什么。在这个点上他不太相信自己，于是嘴软了几分。"那你们没有去找他吗？"

克罗普又躺在草地上，然后慢条斯理地说："请问在此以前您上过前线吗？"

"这与你毫不相干，"希默尔施托斯愤然地说，"我希望先得到答复。"

"那好，这样吧，"克罗普站起来说，"请您看看那边，看见上空那些一小团一小团的白云了吗？那是高射炮的炮弹轰炸形成的。我们昨天就在那里，在那边的高射炮火下死了五个人，伤了八个人，这倒也只是小事一桩罢了。下次您也跟我们一起上前线的话，士兵们临死前,一定会跑到您的面前,脚跟靠拢脚尖稍张,然后向您请示:'报告,请问我可以离开吗?请问我可以去死了吗?'在这儿我们已经恭候您很久了。"

等他再次坐下来时,发现希默尔施托斯早已像彗星一般消失不见了。

"三天的禁闭。"卡特猜测说。

"下一回我来干。"我跟阿尔贝特说。

但是事情到此为止了。当晚排队集合时,对这件事进行了审讯。我们的贝尔廷克少尉坐在办公室里,把我们一个一个喊进去问话。

作为证人我不得不被叫去出席,说明恰登违反命令的理由。尿床的事情给人留下了深刻印象。所以希默尔施托斯也被叫进来,我便又当着他的面,重复了一遍我的证词。

"真的是这样吗?"贝尔廷克问希默尔施托斯。

他开始还想搪塞,可是最后,当克罗普又做了同样陈述后,他也只好承认了。

"那时怎么没有人及时向上级报告这件事呢?"贝尔廷克问。

我们都不言语。他自己心里也一定清楚,在军队里对于这样的小事情,申诉了又有谁会去理睬呢?况且,在军队里又怎能向上提出申诉呢?其实他也清楚这一点,于是先训斥了希默尔施托斯一顿,并一再警告他,前线绝对不同于军营的练兵场。随后轮到恰登,被更加严厉地狠批了一通,还被罚了禁闭三天。贝尔廷克又看了克罗普一眼，宣布给了他一天的禁闭。

"实在是没有别的办法了。"他很遗憾地对克罗普说。他是个正派的人。

普通禁闭倒是挺舒服的。禁闭的地点是过去的一个旧鸡棚，两个人关在那里，其他人可以去探望，我们有办法可以溜进去。但关重禁闭就和坐牢差不多了。过去他们还把我们捆绑到树上，但现在已经不允许这样做了。有时候，我们感觉自己的待遇已经像人一样了。

一个钟头后，我们来到了关着恰登和克罗普的铁丝网禁闭室里。恰登非常热情地欢迎我们。之后大家一起玩牌，一直打到深夜。当然又是恰登赢了，这个幸运的迷糊蛋。

临结束时卡特小声问我："咱们烤点鹅肉吃，你觉得怎么样？"
"真是个好主意。"我说。

我们爬到一辆运送弹药的车上。乘车的代价是两支纸烟。卡特早就记下了那个确切的地点。那棚房属于一个团司令部。我决定去把鹅抓来，他便给我指明了路线和注意事项。那棚子就在一堵墙后面，用木桩顶着关起来了。

卡特把我高高地举起，让我踩着他的手翻墙进去，他就在外边望风，作为接应。

为了让我的眼睛在黑暗中能适应，我站着等了几分钟。然后我认出了那个棚子。我小心翼翼地摸到棚外头,拔掉那根木栓并把门打开了。

我从黑暗中分辨出两团白色的东西,断定是两只鹅。但马上就犯难了:如果我抓住一只,另一只肯定会嘎嘎乱叫。不如干脆两只一起抓——只要我眼疾手快,就会成功的。我一个箭步跳了过去,立即伸手抓住一只,接着又迅速擒住第二只。我本想使劲往墙上打去,想把它们撞晕。但可能是我的力气不够大,两个家伙轻声地嘎嘎叫着,腿脚和翅膀乱踢乱扑。我竭尽全力想要尽快制服它们,但是我的天啊,这两个家伙力气实在太大了。它们在黑暗中拼命地挣扎,我跟着踉踉跄跄地来回跑着。黑暗中,那两团白色的东西非常恐怖,我的胳膊不停地摆动,像是长了翅膀,我几乎害怕自己会飞到天上去,我感觉手里像拴着两个大气球似的。

这时已经闹出很大动静了。有一只鹅喘了口气,接着又死命嘎嘎大叫起来。正当我手忙脚乱的时候,外面又闯进一个黑影一下子把我撞倒了,我躺在地上,接着便听到一阵狂乱的犬吠声。居然是一条狗。我往旁边一看,它直往我的身上扑了过来。我赶紧一动不动躺着,把下巴缩到衣服里。

那是一条猛犬。过了很长时间,它才缩回脑袋,顺势蹲到我身旁。但是只要我试图动一下,它就会狂叫不止。我紧张地思考着对策。现在看来,我唯一能做的只有用那把小左轮手枪了。在任何人到这儿之前,我必须离开这里。我一寸一寸地伸手去摸枪。

我觉得似乎经历了好几个小时。只要我稍动一下,那畜牲便会发出危险的警告声。我只能安静地躺着,一次一次重新尝试着。当我终于抓住了左轮手枪时,我的手已抖个不停。我把它按在地上,谋划着打定主意:先迅速举起手枪,趁它没扑过来就开枪,然后拔腿就跑。

我慢慢地深呼吸一口,平复了一下心情。然后我屏住气,突然举枪对准那家伙"啪"的就是一枪。那条狗吠叫着跳到一边,我起身飞速逃跑,冲向棚子的门口,却在飞奔时反被一只鹅给绊倒了。

我迅速地抓起它,使劲把它扔过墙,自己也爬了上去。我刚爬上墙头,那条狗又紧随而至,跳着向我扑过来。我赶紧翻身下去。卡特就站在离我不远的地方,他的胳膊下夹着那只大鹅。他一见到我下来,拉着我转身便跑。

我们总算可以喘口气了。那只鹅早就死了,卡特瞬间就把它解决掉了。我们打算立刻把它烤熟,免得被人发觉。我从营棚找来铁锅和木柴,随后我们爬到一间封闭很严实的装零碎东西的小屋里,我们看准了,在这间小屋干这事再合适不过了。它只有一个窗口,而且被遮蔽得很严实。我们用几块砖和铁板搭成炉灶,生起火。

卡特麻利地拔去鹅毛,又洗了个干净。鹅毛被我们很细心地放在了一边。我们已想好了要用这些鹅毛做两个小枕头,然后在上面写:在猛烈的炮火下安息吧!

前线的大炮声在我们的庇护所周围轰鸣着。火光照射在我们脸上，影子在墙上不停地乱舞。不时传来沉闷的爆炸声，震得整个小屋都跟着颤动。那是飞机投掷的炸弹。有一次，我们隐约听到了窒息的哭喊声，肯定有营房中弹了。

飞机在上方嗡嗡地轰鸣着，机关枪嗒嗒地叫个不休。可是，这里是不会有一点光亮透出去的。

我们俩相对而坐，卡特和我，两个穿着一身破旧衣服的士兵，在这深夜里一起烤鹅。虽然我们言谈不多，却相互能关心照顾对方，这是种更胜于恋人的完美感觉。我们是两个人，是两颗微小的生命火花，而外面是被黑暗和死亡围绕的世界。我们就坐在它的边缘，既危险又很安全，鹅油从我们手上滴落，我们的内心世界相互靠得很近，是那么亲切友爱。而此刻的时间，也和这小屋的空间一样：在安静的火光那温暖映照下，我们的情感火花和影子也在轻轻地晃动和闪烁着。他知道我什么？而我又知道他什么呢？以前我们彼此的思想上没有一点相同的地方——而现在，我们隔着烤鹅坐着，感觉到彼此的存在，两个人那么亲密，甚至不必用语言来交流。

尽管是一只肥肥嫩嫩的鹅，烤起来却也还得花费一些工夫。所以我们俩轮流动手，一个人给鹅身上涂油的时候，另一个人就躺着睡觉。一股诱人的香味飘溢四周，弥漫在整间小屋里。

外面传来强烈的喧嚣声，催促着我进入梦乡，但是梦并未让我丧失记忆。在朦胧中我仍能记起卡特添调着作料，举起调羹随后又放下。我很喜欢他，喜欢他的肩膀，以及他那棱角分明、有几分佝偻的身影——与此同时，我看到他身后的树丛和星空，听见一个清楚的嗓音轻声对我诉说着让我感到平静的话，我，一个普通的士兵，穿着长筒靴，系着腰带，挎着装干粮的袋子，沿着面前那条被天空环抱的道路慢慢走，很快把一切都抛到了九霄云外，而且没有什么可忧愁的，只知道在无边的夜幕下不停地走着。

一个普通的士兵和一个干净的嗓音，假使有人想安慰他，他或许也不会懂的。这个士兵穿着一双长筒靴，怀着一颗无助的心，他向前走着。因为穿着长筒靴，他只知道向前走，别的什么都不记得了。在地平线的尽头不是有个地方开满了鲜花的国度，是那样的恬静，惹得士兵泪水盈眶？那里有着他永远难忘的怡人景致，他从未拥有过，却感觉它们已经逝去了。他的二十年的青春，不是还留在那里吗？

我的眼睛有些湿润了，这是什么地方？卡特站在我面前，那魁梧、佝偻的身影像一个家园，轻轻地笼罩着我。他温和地说着什么，面带微笑，重新走回炉灶旁。

"能吃了。"卡特说。

"哦，知道了，卡特。"

我打起精神。那只烤成棕褐色的鹅在屋子中央闪着诱人光泽。我们掏出自用的可折叠叉子和小刀，各自动手割下一条鹅腿。再加上我们还有部队发的面包，蘸着肉汁吃。我们慢慢地吃，尽情地享用这顿可口的佳肴。

"味道如何,卡特?"

"嗯,挺好,你觉得呢?"

"很不错,卡特。"

我们亲如兄弟,各自都把最肥硕的鹅肉留给对方。接着我点上一支香烟,卡特点上一支雪茄。鹅肉还剩了不少。

"卡特,咱们带点回去给克罗普和恰登吃吧,你觉得呢?"

"好啊。"他说。于是我们就切了一块,小心地用报纸包好。其余的我们本来打算要带回营棚去。但是卡特笑了起来,只说了一句:"恰登。"

我意识到,我们应该把所有东西都带走。于是我们朝着旧鸡棚走去,把他们俩从睡梦中叫起来。不过在这之前,我们把鹅毛收拾好带走了。

克罗普和恰登满眼惊羡地看着我们。随即狼吞虎咽地吃了起来。恰登像吹口琴一样啃着一只大翅膀,还不停地喝着锅子里的卤汤。边吃边咂着嘴说:"我会永远记住你们的!"

我们朝着营棚走去。这时,高远的天空布满繁星,拂晓将至。而我正从那样的天空下走过,穿着硕大的长筒靴,吃饱的肚子微微隆起,清晨里一个普通的士兵——而在我旁边相伴的,却是那个稍显佝偻、棱角分明的卡特,我的哥们。

天色微亮时分,营房的棚屋的轮廓展现在我们面前,就好像是做了一场深沉的美梦。

第六章

听人私下传闻，说是要发起进攻了。我们比以往提前两天开赴前线。沿途我们路过一所遭受炮弹轰击的学校。在它纵向的一侧，有两层东西高高堆起，原来那都是些崭新的、未抛过光的、淡色的棺材。它们正散发着树脂、松木和森林的气味。至少有一百来口棺材。

"这些都是为这次进攻所做的很好的准备。"米勒惊讶地说。

"还不是都为咱们这些人准备的。"德特林大声地说。

"别乱说。"卡特生气地斥责他一句。

"要是你还能得到一口这样的棺材，那是值得高兴的。"恰登咧着大嘴笑道，"他们还不是把你这身臭皮囊只用旧篷布一裹包起来便完事了！"

其他人也都开着这种玩笑，开着令人心头不快的玩笑。可是，除此之外我们还能怎样呢？——这些棺材确实都是给我们准备的。而且像这一类的事情，只是组织的正常操作而已。

整个前方都在沸腾。头一天夜里，我们试着先摸清自己所在的方位。当四下里相当的安静的时候，我们能听到敌人前线后面有运输车来回跑动的声音，一直持续响到天亮。卡特说，他们不是在开回去，而是在往前线增运部队、弹药和枪支。

英国的炮兵力量正在不断加强，这一点我们很快侦察到了。在农场的右翼，他们增加了四排九英寸口径的大炮，在杨树后面，他们也增添了许多迫击炮。除此之外，还增加了一些法国研制的装有瞬发引信的杀人武器。

我们这边的情绪却很低落。我们刚进入掩蔽壕才两个小时，我方炮兵部队发射的炮弹就打到自己人的战壕里了。在四个星期内，这种事已经发生三次了。如果只是瞄准偏离上的错误，那么也不会有人说什么，但事实是由于炮筒损坏了，炮弹失去了准确性。它们竟会散射到我们自己的阵地上，发射就变得没有把握了，况且今晚已有两个人被误伤了。

前线就像是一个铁笼，待在里面的人提心吊胆地等候任何即将可能发生的事情。我们躺在弧形的炮弹弹道交织的网络下，只能无可奈何地生活在一种不确定的悬念中。在我们头顶上，穿梭着不可预测的弹片。我们可以在炮弹飞来时俯身躲藏，这就是我们能做的一切；至于它到底会落到哪里，我们却无法得知，更不可能由我们来决定。

对于这种难以预测的事情，我们已经毫不在意了。几个月之前，我坐在一个掩蔽壕里玩牌；过了一会儿，我起身去看望待在另一个掩蔽壕里的朋友。可等我再回来时,原来那个掩蔽壕已经不见了,它被一颗重炮炮弹炸得粉碎。我只好又回到刚去的第二个战壕那儿,可那边的人正在把这个掩蔽壕重新挖掘出来。就在我这么来回之间,这里的战壕全都不见了,已经被埋了。

同样,我仍然活着与我被炸死炸伤,都只是一个偶然性的问题。在防弹的隐蔽战壕里,我可能瞬间就被砸成了肉泥,而在空旷的地方,我也可能安然无恙地躲过十个小时的轰炸。我们所有士兵都要经过无数次的偶然,才能活下来。所有士兵都信赖这种偶然性。

我们得注意保管好自己的面包。最近,由于战壕杂乱,已经不像从前那样井然有序了,老鼠越来越多,十分猖獗。德特林认为,这是预示着危险情况的可怕征兆。

这儿的老鼠样子很讨厌,因为它们一只只都那么肥胖,就是被我们称为死尸老鼠的那一种。它们长着恶魔般奇丑无比的、没有毛的脸,尤其是那裸露着的长尾巴,任何人看了都要觉得恶心。

它们看上去好像特别饥饿。几乎每个人的面包都被它们咬过。克罗普只好用防水布把面包紧紧地裹好,枕在头下面,可是这样的话他根本无法入睡,因为它们就在他脸上跳来跳去,想要弄到面包。德特林想出一个怪招,将一根细铁丝悬挂在顶棚天花板上,然后把面包吊在上面。夜里他打开手电筒一照,发现面包上骑坐着一只肥大的老鼠，在那里一摆一摆地摇晃着。

最后我们总算想到了一个对策。大家把那块面包上被老鼠啃食过的部分小心地切掉，我们绝对舍不得把整块面包都扔了，因为我们的食物已经快要耗尽了。

我们把切下来的面包聚到地板的中央。然后每个人都手持着铁铲，躺下来准备进行一次彻底的大围攻。德特林、克罗普、卡特则也拿着手电筒做好了准备。

几分钟后，我们听到一阵窸窸窣窣的响动。这个声音越来越大，这一会儿已经变成很多细小的脚步声了。我们小心地等到声响越来越乱时，突然打开手电筒照亮地板，几把铁铲齐挥，这帮家伙吱吱叫唤着，四散奔逃。战斗的结果十分不错。我们把那些被打死的老鼠清除完后，又躺下接着故伎重施。

我们连续几次实施了这种打击方式，都成功了。后来这帮家伙也学精了，也可能是闻到了血腥味，便再也不来了。尽管如此，第二天早晨醒来时，大家发现地板上的那些碎面包屑还是被一扫而空。

在旁边紧挨着我们的那个战壕里，老鼠袭击了两只很大的猫和一条狗，把它们活活咬死，并啃得一干二净。

第二天分发了艾德姆干酪。每个人都领取了四分之一块。从一方面来说，这是好事，因为艾德姆干酪味美可口——但从另一个角度来说，这又是坏事，因为这红色球体长期以来都被看成是一种灾难的预兆。后来又分发了朗姆酒，我们心中这种不祥的预感就更浓烈了。朗姆酒当然都被我们喝了，但并没有给我们带来多少安慰。

白天我们四处游荡，还比赛打老鼠。子弹和手榴弹成箱成捆堆积着。我们检查了一下枪刺。就是在枪刺钝的一面有锯齿的那种。如果一个人在被俘之后手里还拿着这种枪刺，那他就必死无疑了。在我们旁边的那一片阵地，我们看到几个士兵，他们的鼻子都被割掉了，眼睛也被挖了出来，用的就是他们手中的锯齿枪刺。然后敌人往他们的嘴和鼻子里塞满锯末，活活窒息而死，样子惨不忍睹。

有一些新兵拿着这个样式的枪刺。我们把它收走了，给他们重新换上了普通的枪刺。

但枪刺这东西实际上已经失去了它的重要性。发动猛攻时，它已逐步被手榴弹和铁铲所代替。锋利的铁铲是更加方便和灵活的武器。它既可以直刺对方下巴底下，又适于挥舞击打，由于它的分量极重，打击力也特别大。如若一铲下去正中脖颈与肩膀之间的部位，那就很可能会把人的前胸都劈裂了。而枪刺很容易被卡在里面，这个时候使用者就必须赶紧在那个人肚子上猛踹一脚，才能顺势拔出来。而在这短暂的时间里，你很可能就会吃上别人一刺刀。况且，枪刺的锋刃又经常会断裂。

晚上他们释放毒气。我们等待着进攻，都已提前戴好防毒面具躺着做准备，只等第一个身影攻过来时，就把他干掉。

黎明来临，一晚上什么事都没发生。只有在敌方前线往后，那持续不断、令人烦乱的隆隆声，火车，火车，汽车，汽车，一辆接一辆，不知他们正在集中什么东西呢？尽管我们这边的炮弹中队不停地对他们进行轰炸，对方那边的声音却仍然没有停止下来，它仍然没有停止……

我们都已经疲惫不堪了，大家都避免去看对方的脸。"又要像那次索姆河战役一样了，在那里我们遭受了连续七天七夜的炮袭。"卡特郁闷地说。自从到这儿以后，卡特显得忧郁了，他少了往日的幽默风趣，这是不祥的预兆，因为卡特是老兵，他有特别的经验能感觉出什么事快要发生了。只有恰登感到高兴，他对分到手中的那份好军粮和朗姆酒很满足，他甚至乐观地认为什么事都不会发生，我们就可以回去休整了。

看来情况差不多也的确是这样。时间就这样日复一日地过去了。夜里，我蜷曲着身子蹲坐在掩体的监视孔前。火箭弹和照明弹在我头顶的天空上下蹿动。我时而屏声静气，时而手足无措，我的心正在忐忑地跳动。我的眼睛始终盯着我手腕上的夜光表指针，那指针似乎纹丝不动。睡意使得我的眼皮老是不由自主地打架，我活动着长筒靴子里的脚趾，想要保持清醒。直到我被换下来时，什么事情都没有发生——唯有那边隆隆声依旧持续不停。我们的心情渐渐地平静下来，开始没完没了地玩纸牌、打扑克。说不定我们会走运呢。

天上整天悬挂着侦察气球。有人传闻，对方可能要动用坦克和低空飞机发动攻击。但是这个传闻,并没有像当初听到用新式喷火器那样让我们感到兴奋。

半夜我们从睡梦中惊醒。大地轰隆隆地响着,猛烈的炮火向着我们这边袭来。大家都蜷缩在角落里,我们能够分辨出各种口径的炮弹各自不同的声响。

我们都用手紧紧抓住自己的东西,不时查看自己的这些东西是否还在那儿。掩蔽壕在震动着,深夜在吼叫,火光划破天空。借着转瞬即逝的火光,我们一个个都面面相觑,脸色惨白,双唇紧闭,不停摇头抱怨着。

每个人都同样感觉到,沉重的炮弹疯狂地轰炸战壕的前墙,要把战壕的内坡连根掀翻,把顶上的混凝土块彻底炸毁。每一次当炮弹飞驰而至,将战壕炸开时,总是带着强烈的、令人窒息的热浪,疯狂如一只年老的猛兽张牙舞爪地直扑过来。天亮前,有几个新兵已经面色发青,开始不断呕吐了。他们确实太没有经验了。

灰暗的光线缓缓地流入坑道里,使炮火发出的强光也稍稍淡了一些。就在天亮时分,地雷爆炸和炮火同时发出震耳欲聋的声响,这是迄今为止最剧烈的震动。感觉整个天都要塌陷下来了似的。于是他们炸过的地方,就成了一片坟墓。

接班人员出去了,被换回的观察员摇摇晃晃地走进来,浑身泥渍,还在不停地哆嗦着。有个人正一声不吭地在角落里吃着东西,而另一个在呜呜直哭，他是一个增援的后备兵。连续两次的爆炸，他都被热浪推到坑道外面，幸运的是除了神经受了点震荡之外，没受什么伤。

新兵们都看着他。这样的情绪很容易感染别人，这些我们都必须留心观察着。有几个人的嘴唇也开始抖动了。好在天已大亮，也许中午之前，进攻就会开始。

炮火依旧不断，没有减弱，有些落在前沿的后面。在人们肉眼能看到的最远的地方，泥沙、土石、铁块如同喷泉一样，直直地往上涌溅出来。一条很是宽阔的地带遭到炮击了。

进攻还没有开始，可炮火仍在疯狂继续着。我们都慢慢失去了听觉。几乎没有人在讲话。因为大家都清楚，互相之间根本就听不到对方在说些什么。

我们的战壕几乎全部完蛋了。有许多的地方仅半米高，洞孔、弹坑和山一样的土堆，把它砌成高高低低、杂乱无章的形状。这时一颗炮弹正好落在我们坑道前面，炸起的土石把我们都掩埋了，眼前一片黑暗，只有靠自己挖掘才可能出去。一个小时后，我们挖通了坑道的出入口，心情才稍稍地踏实了一些，因为手里干着活。

我们连长先从外边钻进来告诉大家，有两个掩蔽壕都被炸成一堆乱土了。那几个新兵一见到他，便镇静了不少。他还说，今天晚上要想办法去弄点东西来吃。

他的话听上去真让人放心。除了恰登，没有人还能想起要吃东西。而现在,我们仿佛又看到了一线希望。如果要去弄东西吃,那么事情就会好一些,新兵们都有这样的想法。可是我们没去纠正他们的想法,因为我们知道,食品和弹药是同样重要的东西,也正是这样,所以才必须弄来。

但是这事情三番五次都未能成功。第二批人派了出去,他们也退了回来。最后就连卡特亲自出马,也是空手而归。人实在是不可能穿过去的,要在那样密集强大的炮火中穿过,恐怕连苍蝇都不行。

大家都把裤带勒得更紧,然后以比原来多三倍的时间嚼碎每一口东西。尽管如此,还是无法坚持下去。我们饿得心都发慌了。我拿出剩下的一片面包,把白的部分先吃了,随后再把面包皮放回背包里,不时地把它拿出来啃一啃。

黑夜让人难以忍受。我们无法入睡,只能目不转睛地盯着前方,打一会儿盹。恰登对于我们在老鼠身上浪费的那些碎面包皮感到惋惜。我们那时应该好好保存它们的,现在要是还吃着该有多香。虽然也缺水,但还不是太严重。

临近早晨,天还没有大亮的时候,发生了一件让大家兴奋的事。一大群逃跑的老鼠从出入口突然涌进来,都往墙上爬蹿。火把照亮了这个混乱的场面。每个人都在咒骂、叫喊、到处击打。长久以来郁积在心中的愤怒和仇恨,一下子爆发出来,全发泄到这些家伙身上。大家神情扭曲而亢奋，伸手挥动胳臂，开始大肆地围打。那些小动物吱吱乱叫，大家折腾了很久才停下来，以免发生自己人攻击自己人的事。

这次突发事件搞得我们都筋疲力尽。大家气喘吁吁，又躺下来等待。到目前为止我们这个掩蔽壕里竟无一人伤亡，这真是个奇迹。它是仅存为数不多的深掩蔽壕之一。

有个军士悄悄地爬了进来，他随身带着一块面包。有三个人趁着黑夜侥幸穿过了阵地，带了点食物回来。他们说，对方猛烈的火力持续未减，一直轰炸着我们的炮兵阵地。敌人是从哪里弄来这么多炮弹的，这还真是个谜。

我们不得不这么一直等着，等着。到了中午，我预料的事终于发生了。有个新兵终于爆发了。我已经观察他很久了，发现他不停地咬牙切齿，双手时而捏紧，时而松开。那双受到被追杀一般而瞪大的眼睛，我们已经见得太多了。在过去的几个小时里，他只是在竭力克制自己，让外表看上去依然保持着平静。但此刻，他已经彻底崩溃了，像一棵腐烂的树，随时都会倒下。

他站了起来，不声不响地爬过这块地方，稍微停顿了一下，就径直往出口方向走了过去。我赶忙上前拉住他，问道："你想上哪儿去？"

"我一会儿就回来。"他一边说着，一边用手推开我。

"再等一下，炮击很快就会结束了。"

他听完我的话，眼睛瞬间变得明亮。但很快，他的眼睛又像疯狗一样变得黯淡无光。他一声不吭，用力把我推到一旁。

"再等一分钟，哥们儿。"我喊道。此时卡特也注意到了。就在那个新兵把我推开的时候，卡特跳了过来，和我一起紧紧地把那家伙抓住。

"你们闪开，让我出去，我要出去！"他挣扎着疯狂喊叫起来。

他疯了似的什么都听不进去，大发雷霆，唾沫乱溅，哽咽着胡言乱语，大声叫喊一些没有意义的话。这是前线一种幽闭恐怖症的典型案例，发作的人会认为自己很快就要在这里窒息，唯一的想发就是拼命地到外面去。如果我们让他出去了，那么他就什么也不管，到处奔跑。他已经不是第一个发生这种情况的人了。

由于他什么都听不进去，不停地翻着白眼，我们实在没办法，只有痛揍了他一顿，使他清醒过来。我们打得又快又狠，他才渐渐安静下来，老老实实地坐着。其他人看到这个场面，都被吓得面色苍白，但愿这样做可以吓住他们。那么持久密集的炮火，对于这些可怜的家伙来说，实在是不堪忍受。他们都是刚离开新兵征募站，直接就被送到了紧张混乱的前线，这样的困境就连不少老兵的头发都会急得一夜变白。

自从这一件事之后，这种令人窒息的空气对我们神经的刺激更加强烈了。我们感觉自己就置身于一个坟墓里，即将被沙土填埋起来。

忽然，响起了吼声，接着又有可怕的闪光，一颗炮弹呼啸着直接命中了掩蔽壕，边角的接缝处都嘎嘎乱响，好在这只是一颗轻型炮弹，混凝土底座还够结实，能经得住。金属器皿的叮当声响了起来，墙壁不停摇动，步枪、钢盔、泥沙、尘土也到处飞扬。浓郁的硝烟从外面弥散进来。我们如果不是待在这个比较牢固的掩蔽壕，而是待在最近修筑的那种简便坑道里，那么现在我们恐怕已经命丧黄泉了。

但是，这次的影响也是够糟糕的。先前的那个新兵再次发作狂闹起来，而且又多了两个人，也是同样的举动。一个人跳起来冲了出去。我们正忙着制服另外两个人。我赶紧朝着那个逃跑的人追扑过去，心里正犹豫着要不要给他腿上来一枪时，传来一阵急促的呼啸声，我赶忙扑倒在地上。当我站立起身时，发现壕沟的墙上沾满了冒烟的弹片、血肉和撕碎的军服。我转身爬了回去。

那个最早发作的新兵看来是真的疯了。我们一松开手，他就像一头公羊一般把脑袋往墙上猛撞。今天夜里，我们必须设法把他送到后方去。现在只能暂时把他捆起来，而且绳子要打活结，因为万一遭受到攻击，还得立即给他松开。

卡特拿出纸牌，建议大家玩一会儿。我们还有什么好做的呢？也许打牌可以让我们心情轻松一些。但没什么效果，我们细心倾听着每一次就近的炮击声，把该吃进的牌都算错了，又或是把花色出错了。于是只好就此结束。我们感觉自己正置身于一个发出隆隆巨响的锅炉中，而人们正对着它的四周猛烈击打着。

夜幕又降临了。我们的心情都十分紧张。这是一种致命的紧张，它像一把钝刃的小刀，顺着我们的脊椎在不停地刮擦。我们的双腿不听使唤，双手不停地颤抖着，身体似乎只剩下一张薄薄的皮，在被艰难压抑着的疯狂中痛苦地伸展，在几乎不可抗拒而又突然爆发出来的咆哮中伸展。我们不再有皮肉和肌肉了，因为害怕又将发生什么难以想象的事情，每个人都逃避着对方的眼神，不敢对视。于是我们咬着牙不停地安慰自己：一切都将过去的，这一切都会结束的，也许我们会渡过难关的。

近处的爆炸突然一下子停止了。大炮还在继续，但是都攻击着后面的地方，我们的战壕总算安全无事了。我们大家把手榴弹一个个扔到掩蔽壕前面，接着相继跳了出去。密集的炮火渐渐停止了，猛烈的掩护炮火落在了我们身后。进攻开始了。

没有人会料到，在这块坑洼不平的荒地上竟然还会有人。可是现在，那么多钢盔从战壕四周突然冒出来，而且在距离我们不足五十米远的地方，一挺机关枪已架在适当的位置，疯狂地扫射起来。

钢丝网已经被打得稀烂。不过它们多少还是发挥了些阻碍作用。我们看到冲锋的敌人正在向前推进。我们的炮兵部队开始攻击了。机关枪和步枪都在疯狂地扫射着。他们的冲锋队从那边悄悄靠近时，海伊和克罗普便开始挥掷起手榴弹。他们尽可能快地丢出手榴弹，我们往他们手里递的手榴弹，手柄上的引爆线都已经事先拉开了。海伊的投掷距离是六十米，克罗普是五十米。相隔距离之前都测量过，这一点很重要。而敌人从对面过来，在奔跑时是不能做什么的，大概要到距离我们这里三十米远的位置，才能有所作为。

我们一下就看清了那扭曲的脸和平扁的头盔，他们都是法国人。等他们接近残存的铁丝网时，已经遭受到了惨重的打击。他们成行成列的人都在我们旁边的机关枪的嘶吼中倒了下去。不过我们的机关枪多次发生了卡壳的情况，他们就迅速逼近了。

此时我看到两军之间有一个人，掉进刺铁丝栅栏里面去了，他的脸向上高高仰起。身体已经失去控制向下滑落，双手垂挂在上面，像是在作祈祷。过了一会儿，他的身体猛地往下一沉，只有他那被打成两段的胳膊和一双手在铁丝上吊着。

正当我们要回撤时，我发现地上抬起三张脸。在一顶头盔下，露出一撮黑乎乎的山羊胡须和两只眼睛，眼神非常怪异地盯着我。我挥动一只手臂，却没能甩到那双异样的眼睛上。瞬间一片狂乱，整个战役像马戏团一样在我周围转来转去，而它却目不转睛地盯着前方。随后那个钢盔头猛地抬起来，然后是一只手，一个动作，于是我的手榴弹便像箭一样飞过去，落到那山羊胡子上去了。

我们迅速向后撤退，把封锁线上带刺的防护栏拉到战壕里，把引爆线拉开的手榴弹摆好在我们后边，它们可以确保我们在火力的掩护下撤退。与此同时，另外一个阵地的机关枪已经开始疯狂扫射了。

我们已变成了凶残的野兽。我们不是在战斗，只是为保全自己能够免遭消灭。我们丢出手榴弹不是对付人，在这一瞬间，我们脑子里丝毫不知道人是什么东西！死神在那里伸着双手、戴着头盔随时在呼唤着我们，紧追不放，三天了，我们第一次知道死神的模样，我们也是三天来第一次奋力地抵抗它，我们积压的怒火在胸口熊熊燃烧，我们不再坐以待毙地等待死亡的到来。我们要抗争、杀戮，不仅能保全自己，并且还要疯狂地报复。

我们蜷缩在每个角落，蜷缩在每道带刺的铁丝网防护栏后面隐蔽。我们在奔跑之前，总是向逼近的敌人脚下先投去一捆捆炸药。手榴弹凶猛的爆炸响声冲击着我们的胳膊和腿，我们像猫一样弯着腰、低着头向前奔跑。这股轰响声汹涌地淹没了我们、支撑着我们，使我们变得异常凶残，变成了暴徒强盗，变成凶手，变成我所知道的可怕恶魔。这种声响使我们在恐慌、愤怒和怯懦求生时拥有了许多的力量，一切都只是为了活下去，为了保全自己而拼杀战斗着。即便是自己的父亲和他们一起冲过来，你也会毫不留情地向他扔一颗手榴弹！

前面的几条战壕已经毁了。那还是战壕吗？它们已被炮火炸得支离破碎，荡然无存了——仅有一些零星碎片，断断续续地由战壕坑道连接着的洞，一个个大大小小的弹坑，没有别的了。不过敌人那边也已死伤惨重。他们根本想不到会有如此顽强、猛烈的抵抗。

快到中午了，烈日火辣辣地灼晒着，汗水蜇得我们的眼睛隐隐作痛，我们不得不用衣服把汗水擦掉，有时还带着血。一条看上去状况相对较好的战壕出现在我们面前。那里已经驻守了部队，正准备发起反攻，他们接纳了我们。我们的炮兵阵地发射出了强大的火力，阻止了敌人的进攻。

我们后面的队伍停了下来。他们已无法继续向前推进。他们的攻势被我们强大的炮兵火力摧毁瓦解了。我们等待着。炮火向后移动了一百米左右时，我们又大举发起了反攻。在我身旁，有个一等兵的头被打落了，鲜血便像喷泉一样从脖子口一涌而出，而他的身体还向前跑了几步。

不等双方真正进入肉搏对抗的时候，敌人开始向后迅速溃退。我们再次夺回那片已经被打得零乱破碎的战壕，并一跃而过，继续向前冲锋。

啊，又调头回来了！我们来到后备部队的隐蔽处，真想爬进去再躲起来，谁也看不见——但此刻我们必须转过身，继续加入让人心惊肉跳的战斗中去。如果我们的思想不是像机器一般麻木地运作着，那么我们就会继续躺在那里，精疲力竭，毫无意志。然而我们跟着队伍向前不停地冲杀，毫无知觉，而且发疯似的狂暴和野蛮。我们要杀戮，因为眼前这些都是我们的敌人，他们的步枪和手榴弹正瞄向我们，我们要是不去消灭他们，就会反过来被他们消灭。

这片破碎的、伤痕累累的褐色大地，在阳光的照射下闪着亮光，这片土地就是始终毫无感觉、不知疲倦、单调乏味地机械般劳作着的人们的背景。我们不停地喘着粗气，嘴唇已经裂开了。我们的脑袋比酒醉后的夜晚更加昏昏沉沉。就这样，我们摇摇晃晃地前进着，而钻进我们被刺穿和粉碎的灵魂里的，是眼前那一幅幅催人泪下的图景：充满阳光的灰褐色的大地上，那些垂死的士兵痛苦地挣扎着，却又无奈地躺在那里，每当我们从他们身上跃过的时候，他们就哭喊着试图抓住我们的腿。

我们已丧失了人与人之间的一切感情，当别人的形象落入我们追猎的视线时，我几乎忍受不了。我们是毫无感情的死人，却不知耍了什么伎俩，用了什么魔法，竟然还能够追逐奔跑，还能不断冲杀。

一个年轻的法国小兵落在部队后面，被我们追上了，他忙把双手高高举起，但手里还握着一支左轮手枪——没有人知道，他是想开枪呢，还是想投降呢？——一铁锹猛击下去，就狠狠地劈开了他的脸。第二个法国兵看到了，见大事不妙，拔腿就想跑，一把枪刺稳稳地插入他的脊背。他往上跳，伸开两条胳膊，嘴巴张大，大声嚷叫着，跌跌撞撞地向前跑，那把枪刺还在他背上抖动着。第三个法国兵干脆把枪扔掉，蹲了下来，一双手捂着眼睛。于是他就和其他战俘被留了下来，抬运伤员。

转眼间，我们已经追击到了敌军的阵地前。

我们紧跟在撤退的敌人后面，所以几乎是和他们同时到了那边。因此，我方的伤亡大大减少了。一挺机关枪嗒嗒地扫射起来，但是一颗手榴弹扔过去就解决了它。尽管如此，短短几秒之内我们仍有五个人腹部中弹，受了伤。卡特冲上去用步枪柄把一个未受伤的机关枪手的脸狠狠地砸了个四分五裂。其他的人，在他们手榴弹还没拿出来之前，就已被我们的枪刺刺死了。随后，我们端起他们用来冷却机关枪的水，贪婪地喝了起来。

到处都有钢丝钳发出的响声，到处都有木板横置于铁丝网上，我们通过狭窄的入口进入了战壕。海伊用铁锹把一个强壮的法国兵的脖颈劈开，随即还丢出了他的第一颗手榴弹。我们忙躲到一道土墙后面，等了几秒钟，之后我们前面那段笔直的战壕就成一片废墟了。接着一颗手榴弹斜飞到一个角落上方，又把一条通道也给扫清了。我们一路奔跑过来，一路就对着掩蔽壕里抛掷手榴弹，大地在颤抖，硝烟弥漫、弹片横飞，震荡个不停。一堆一堆光滑的肉体，一具具软绵绵的身躯阻碍着我们前进。我跌到一个开膛破肚的人身上，那肚子上还搁着一顶又新又干净的军官帽。

战火渐熄，我们和敌人已拉大了距离。我们不能在这个地方长时间待着，必须马上在我们的炮兵掩护下迅速返回我们的阵地。当收到这一声命令时，所有人都快速地拥向靠得最近的掩蔽壕，把我们能看到的各种罐头食品，特别是咸牛肉和黄油罐头，在撤退之前一扫而空,全都带走。

我们顺利地撤了回来。眼下敌军并未发动反击。我们躺着喘着粗气,休息了整整一个小时,没有一个人说话。所有人都已精疲力竭了,虽然我们肚子饿得发慌,但谁都没想到用那些罐头充饥。到后来,我们才慢慢地恢复过来,有了正常人的样子。

敌方的咸牛肉在整个前线都是很出名的,有时候,它甚至成为我们发动突然袭击的一个主要原因。因为相比之下我们这边的伙食实在太差了,而且还经常饿着肚子。

我们一共带回来五个罐头。敌方那些家伙的伙食可好了,他们吃得简直太讲究了,相比起来,我们这些挨饿的可怜虫,成天只能吃萝卜酱,而他们,吃不完的大鱼大肉。海伊弄到一块薄薄的法国面包,就把它插在腰带后面,像把铁锹似的。那块面包的一个角上还有些鲜血,不过那可以切掉。

真是太幸运了,我们终于有好东西吃了。我们花了很大的力气,毕竟还是有用的。弄到足够的食物,就像有一条坚实的掩蔽壕一样重要,它可以拯救我们的生命,这就是我们对它如此渴望的原因。

恰登还缴获了两个盛满法国白兰地的水壶。我们轮流传着喝光了。

夜幕降临,祈福开始了。从弹坑里缓缓地升起一团团迷雾,看起来，这些洞里仿佛藏着什么幽灵般的秘密。白茫茫的水汽艰难地向四周延伸，然后小心翼翼地从弹坑边缘遁散开了。于是，弹坑之间就被这样一条条长长的纽带给贯穿起来了。

天气很凉爽。我在黑暗中专注地放哨。我气力都快枯竭了，每次进攻之后都是这样，所以我就连跟自己的思想独处的精力和兴致也没了。说是思想，实际也不是什么思想，那是一些往事，在我疲倦时不由自主地涌上心来，而且会使我产生一种古怪的情绪。

照明弹忽然蹿向天空——我看到一个情景，一个夏日的夜晚，我正在那所大教堂的十字回廊里，望着在回廊花园中绽放着美丽花朵的高大的玫瑰树，教堂的一些神职人员就埋葬在这个花园里。围墙四周环绕着耶稣受难的石雕像。那里一个人都没有，一种无边的宁静笼罩在这盛开玫瑰花的四方院子，柔和的阳光照耀着厚实的灰石板。我把双手放在上面，感到丝丝温暖。在石板瓦房顶右侧的角落里，大教堂的绿色塔尖高高地穿插在黄昏淡蓝色的天幕中。在环绕着的十字形回廊闪闪发光的支柱中间，有着一种教堂独特的充满凉意的黑暗氛围。我站在那里，静静地思索着，我在二十岁的时候，会不会找到一位姑娘与我共同经历一段令我们困惑迷乱的恋情。

我沉醉于这美妙的景象之中，它使我心情异常激动，直到它被一颗信号弹燃放出的光亮给熔化。

我仔细检查了一下手中的步枪，看它是否能正常使用。枪管上有些潮湿，我用一只手握着枪管，然后用手指头擦掉了水雾。

在我们的小镇背后，有一条小溪蜿蜒在几片青草之间，小溪旁边还有一行笔直的老杨树耸立着。从老远的地方就能看见它们，虽然它们只长在小溪的一侧，我们还是给它起名叫白杨大道。当我们还是孩子的时候，就深爱着这行老树，它们会吸引着我们经常到这儿嬉戏打闹，整天逃学，倾听着树叶沙沙地响。那时我们总是坐在溪流的岸边，把光着的脚浸在清澈湍急的水中。流水纯净的气息和随风轻拂的白杨树的节拍，承载着我们童年的幻想。我们非常喜爱它们，每当想起童年往事，我的心便不免地激动不已。

说来也奇怪，所有涌上心头的记忆都有两种特质。它们总有一种极其宁静的格调，这是它们的优势。即使事实并没有想象中那样达到某种清静、安宁，可给人的印象总是这样。它们是悄无声息的幽灵，与我默默地沟通，都是每一个动作、每一个神情在交融，没有言语，却要胜过有千言万语。它们不停地震撼着我的心灵，这种感觉使我挽起衣袖，拿好步枪，以免我在安静中无法自持，抵御不住它的诱惑，舒舒服服地消融在回忆往事的巨大的力量里。

它们是如此的宁静，这样的宁静对现在的我们而言简直遥不可及。在炮火纷飞的前线根本没有宁静，而前线的魔力又扩展得那么远，我们怎么都无法摆脱。就连在偏远的兵站和休息营房，轰鸣的炮声也隆隆不休地回荡在我们耳际。我们从未到过远得足以躲开这些声响的地方。但是最近这些天，情况变得让人难以忍受。

正是因为这份宁静，这些关于岁月往事的追忆所唤起的与其说是渴望，倒不如说是悲哀——一种难以理解的、巨大的哀愁。那种渴望，我们曾经真实地拥有过，后来便成了过眼烟云，它只属于那个已经消逝的世界，不会再回来了。那时在练兵场里，这种对往日的回忆还曾激发起我们叛逆的、狂野的思想，那时它和我们依然联系在一起，我们把它当成生命的一部分，当成我们生命的所属，尽管我们早已和它分离了。它融进了军歌里，这些军歌，每天我们在晨曦中和阴暗的树丛中一起齐步向前，每当到野外操练的时候总是要唱的，它潜藏在我们的心底，发自我们内心强烈的怀想与纪念。

可是在前线的战壕里，我们已磨灭了这种怀念。它渐渐地从我们心底消失了。我们早已死去，而它却远远地站在天边，它是一个幽灵，一种神秘莫测的反照，不断在我们脑海里环绕，使我既感到恐慌，又对它充满了毫无希望的爱。那种怀念的感觉十分强烈，我们的渴望和幻想也十分强烈——可它是不会属于我们的，我们都明白这一点。这一切正如我们说自己能成为将军那样，都是徒劳的。

更何况，假如真的把我们青春时代的那些美梦还给我们，我们也会不知所措。那种由它传达给我们的神秘而柔弱的力量，早已埋在战壕里，永远不会再醒过来了。我们可能会待在它们中间，也许会默默地走进去；我们也可能无言地回忆着它们，恋恋不舍地爱着它们，甚至见到它们就激动得心潮澎湃。可是那就像凝视着一张亡友的遗照，那是他的容貌和特征，依旧清晰，而在我们的回忆中共同走过的那段日子,却变成了让人悲痛的生活。因为,那已经不再是原来的他了。

我们再也不能从那些情景中恢复往日的感觉了。吸引我们的并不是对它们的美丽和意义的认识,而是一种息息相通的感觉,是对于在我们生命中存在过的事物和发生过的事件所产生的同志兄弟般的情感,它已对我们这些人画定了界限,使我们对父母那一代人的世界感到难以理解——因为那时我们听凭自己迷失一切事情中,即便是最微不足道的小东西都可以将我们带入那永恒的长河之中去。或者那只不过是年轻人的一种特权而已,而直到今天,我们依然无法辨认出它的界限在哪里,也找不到一个终点。我们的血液里时刻都涌动着兴奋的期待,它将我们和我们过去的岁月紧紧地联系在一起。

今天,我们像旅行者一样从年轻时代的风景里穿过。在历尽磨难后,我们逐渐变得像一个商人能区分东西好坏,或是一个屠夫懂得屠杀的必要。我们已经不再是无忧无虑的了——却又总是一副漠不关心的样子。我们也许还能生活在那里,但事实上我们真的还想待在那里生活吗?

我们既像个孩子一样孤苦伶仃,却又像个老人一样饱经沧桑。我们是野蛮的、悲哀的,也是肤浅的——这一切都迫使我深信,我们已经毫无希望了。

我的双手变得冰凉，浑身直哆嗦，但这明明是一个暖和的夜晚。只有薄雾透着凉气，这叫人害怕的迷雾从死者的头上缓缓掠过，幽灵般将他们隐藏着的最后生命吮吸得一干二净。天亮时，他们就会变得惨白，甚至白得发青，而他们的血也会凝结起来，变成黑色。

照明弹仍然在高空中飞散着，将冷酷的寒光投射在这死气沉沉的风景上，这里遍地都是弹坑和阴冷的光芒，仿佛月球表面。我皮肤下的血液把恐慌、焦躁缓缓地带入我的思想中。而我的那些思想已经变得脆弱不堪，不停地战栗，渴望得到温暖和生命。没有安慰、没有幻想，我的思想就无法坚持下去，只能在赤裸裸的绝望面前彻底崩溃。

我一听到饭盒碰撞的响动声，立刻就能勾起强烈的食欲，想要吃热腾腾的饭菜，那对我会有好处，也能使我平静下来。我耐着性子等待别人过来和我换班。

于是，当我一走进掩蔽壕，就急着找来一杯大麦。它是用油脂煮的，味道很可口，我慢慢地吃起来。我仍然一声不吭，虽然其他人的情绪都好了起来，因为炮轰已经停止了。

日子一天天地过去了，令人难以置信的时刻接踵而至，却又像是理所当然的。进攻和反击交替转变着，在双方战壕间的弹坑里，死尸像山丘一样一层层高高地堆积起来。离得比较近的伤员，我们基本上都能抬回来。但还有许多人不得不躺在那里，我们只能听着他们在绝望中死去。

我们曾到处寻找一个伤兵，结果找了两天还是一无所获。他肯定是趴在某个地方，自己无法翻身。否则，就很难理解为什么我们找不到他，因为只有当一个人的嘴巴紧贴在地面时，才不容易判断他喊叫的方向。

他一定受了重伤，而且所受的伤也是比较痛苦的，既不至于严重到让他立马就昏过去，但又不会轻微到促使他稍稍忍受一点疼痛，就能渐渐恢复过来。卡特觉得，他要么是骨盆折裂了，要么就是脊椎被打碎了。他的叫喊持续了很久，这就证明他的胸部没有受重伤。而如果要是别的地方受伤，那么必定可以看到他慢慢挪动挣扎的。

他的嗓音越来越沙哑，叫喊声是那么的凄惨，仿佛无处不在。那天夜里，我们的人在外面找了他三次。但是，每次当他们觉得找到了他的方位，并往那个方向爬到时，等下次他们再听到他的叫喊时，似乎又完全是从别的地方传来的，难以确定。

我们一直找到天亮时分，没发现一点迹象。白天，我们甚至用望远镜专注地搜索了整片区域，可依旧一无所获。到了第二天，他的喊叫声越发微弱了，由此可见，他的嘴唇和舌头都喊干了。

我们连长还许诺，谁要是能找回他，等下次轮休时就可以优先休假，而且多批三天特殊假。这是一个极大的诱惑，但其实根本用不着这样，我们也会去全力以赴的，那哀号声实在让人心碎了。卡特和克罗普连下午都出去找了，阿尔贝特甚至为此被枪打掉一个耳垂，结果还是无济于事，丝毫不见他的影踪。

我们可以清晰地听到他在叫喊些什么。一开始他只是不停地喊着救命，可到第二天晚上，他肯定发烧了，有些神志不清，仿佛在跟他的妻子和孩子说着胡话，我们好几次听到爱丽丝这个名字。而今天他一直都在那里哭泣，到晚上，他嘶哑的声音渐渐微弱下去了。但还是断断续续地喊了一整夜。我们之所以听得这么清楚，是因为风从容地把他的声音吹进战壕。到了早晨，我们都以为他早已长眠，却还有一阵阵咳嗽似的咯咯声传到我们这里。

天气很热，一具具死尸在烈日下横躺着没有埋掉。我们不可能把他们都弄回去，即使把他们拖运回来，也没办法处理掉。外边的炮弹会将他们掩埋的。很多尸体的肚子高高地隆起，鼓得像气球一样。他们发出咝咝的响动，还打着嗝，轻轻地挪动着。充斥着气体的尸身发出各种声音。

天空湛蓝，万里无云。傍晚空气闷热，浓浓的热气从地面上升起。每当风吹过来的时候，总会携带着浓厚的血腥味，还带点让人讨厌的甜味。从弹坑里传到我们这边来的死尸的气息，仿佛是氯仿和腐烂气味的混合物，吸进去使人肠胃不适、恶心、呕吐。

夜晚都很平静，我们便出去寻找炮弹上的铜质驱动带和法国照明弹的丝质降落伞。为什么炮弹的驱动带会这么受欢迎,大家都不明白。收集的人简单地说,那些都是极贵重的东西。于是有些人捡了一大堆,而等我们离开这里时,他们在那些东西沉重的压力下累得气喘吁吁,只能弯着腰,拖着脚步前行。

不过海伊还是给出了一个理由:他要把这些东西送给他的未婚妻,当作长袜的带子来用。对于他的这句话,那帮弗里斯兰人都乐坏了。他们拍打着自己的膝盖:"这可真是个好笑话啊,哎呀,这个海伊,可真是机灵呢。"恰登更是笑得不能自持,他手里拿一个最大的环子,时不时地往自己大腿上套,再看看还有多大空隙。"海伊,你这家伙,那她必须得有这样的两条腿,两条腿……"他很快又联想到了更高一些的地方,"对,她的屁股一定要像是……就像一只大象那样。"

恰登意犹未尽,喋喋不休地说:"我真想跟她玩一次猜拍打屁股的人的游戏,好家伙……"

海伊因自己未婚妻受到了这么多的赞誉而扬扬自得,神情愉悦地说了一句:"她是个长得很结实的妞呢!"

降落伞倒很有实用价值。按照不同胸围,三到四个就可以做成一件女式衬衫。克罗普和我把它们拿来当手帕用。其他人都寄回家里去了。然而那些女人要是知道,为了得到这些薄薄布片而时常要面对多大的危险,她们一定会害怕地叫出声来。

恰登的举动让卡特感到吃惊,他居然试图从一颗哑弹上小心翼翼地敲下那个环子。要是其他人这么做,那东西肯定会立马炸开,恰登总是一个事事如意的幸运儿。

有一天,有两只蝴蝶在我们战壕前翩翩飞舞,玩耍了整整一个上午。那是两只柠檬色的蝴蝶,扑展着黄色的翅膀,上边还点缀着红色的斑点。是什么吸引它们飞到这里来的啊?在这一片荒野之中,即没有任何植物,也没有一寸花草。它们还停歇在一个骷髅的牙齿上。飞翔的鸟儿也像它们一样无忧无虑,它们早已对硝烟弥漫的战争习以为常了。每天早晨,云雀都准时地从真空地点飞起来。一年以前,我们看着它们筑巢、繁衍,现在那些雏鸟都已长大了。

战壕里的老鼠渐渐少了,现在我们觉得清静了许多。它们已转移到前面的真空地带去了——我们都知道是为什么。它们都长得很肥硕,我们只要一看到,就立刻给它一枪。晚上我们又听到敌方阵地隆隆轰响的滚动声。白天的时候我们仅受到普通的炮火,所以还能不断地修补我们的战壕。而且飞行员在空中为我们提供了许多娱乐,每天都有连续不断的交战,吸引我们去观看。

战斗机我们还能忍受,可是侦察机,我们却像憎恨瘟疫一样地痛恨它们。它们不断地引导着炮火飞到我们的头上来。它们出现以后,只需几分钟,各种炮弹和手榴弹就即刻轰炸过来。有一天我们损失了十一个人,有五个是担架兵。其中有两个被炸得一片稀烂,恰登说可以拿个汤匙把他们从战壕墙上刮下来,埋到饭盒里面。还有一个人,他的下身和两条腿都被炸掉了。他死了,胸脯还靠在战壕上，柠檬黄的侧脸，一支纸烟还在他络腮胡子中间燃烧着，它一直发着微光，燃到嘴唇边才熄灭。

我们把尸体放在一个很宽敞的弹坑里。我们一层叠一层地堆放着尸体，一共叠了三层。

突然间，炮击又从远处袭来。我们很快坐起身来，怀着无聊地等待时的那种紧张和麻木的心情。

进攻、反攻、冲锋、反冲锋——这些都只不过是简单的词语，但包含着什么样内容啊！我们这边损失了大量的人员，大多数都是刚入伍不久的新兵。我们这个地区又派来了大批后备增援的兄弟部队。他们是新编的团，几乎全都是前不久刚刚应征入伍的年轻小伙子。他们几乎没有受过什么正规的训练，仅仅学习了一些理论知识，便被送到战场来了。手榴弹是个什么东西，他们或许都已知道了，可是对于如何掩护，就知道得很少了，首先他们在这个方面没有识别能力。地面上凸起的地方，必须有个半米高，他们才能看得到。

虽然我们迫切需要增援人员，但是这些新增援的士兵给我们带来的麻烦还是要多过他们的用处。在这样一个残酷的战场，他们不会有一点帮助，只会成批成批地像苍蝇一般倒下去。现在打的阵地战更需要智慧和经验，一个人必须会灵活掌握地形特点，对于炮弹的响声和性质能大体辨别，能够判定它们大致的落点、爆炸的情形，以及躲避的方法。

对于这些事情，年轻的新兵当然是一无所知。他们之所以被炸死，是因为他们辨别不出榴霰弹和手榴弹；这些人之所以被大批扫射，是因为他们提心吊胆地只顾注意那些远方而来的大口径炮弹的嘶吼，而不去注意那些贴着地面的小东西那轻微的呼啸声。他们像绵羊一般拥挤在一块儿，而不是分散逃跑，甚至有些伤员也像兔子一样被飞行员给射死。

他们的面色苍白得像萝卜，那可怜的双手紧紧地握着。这些可怜的狗崽那悲惨的勇气，这些勇敢而可怜的狗崽拼命地冲锋和进攻，他们被吓得连高声叫喊冲杀都不敢发出，眼看着自己的胸部、肚皮、胳膊和腿被炸得四分五裂，嘴里只好不停地哭喊着，但只要一有人看着他们时，他们就立即不出声了！

他们那阴沉、恐惧、布满细细茸毛的脸上，充满了犹如猝死的孩童那种可怕的表情。

看着他们怎样冲杀、奔跑、倒下的过程，我们的喉咙里似乎被什么卡住一样。我们真想把他们狠揍一顿，他们简直是蠢到了极点，更想上去一把抓住他们的胳膊，把他们扔得远远的，再告诉他们不要在这儿多管闲事了。他们穿着灰色的上衣、裤子和长筒靴，可是因为衣服过于宽大，大多数人的身体像在空中悬吊着，他们的肩膀很窄，身体太小，从来没有一套军装会按照这种小孩子的身材来裁制的。

老兵要是死了一个，那新兵就可能要死五到十个。

一次突如其来的毒气袭击，带走了许多人的生命。他们还不太懂得怎么预防和自救。在我们发现的一个掩蔽壕里，堆积着许多他们的尸体，个个脑袋发青，嘴唇发黑。有几个人躲在一个弹坑里，过早地揭开了防毒面具，他们根本不知道毒气在坑洼的深处更容易聚集，而且很难扩散。当他们看见地面上的人不戴防毒面具时，便也迫不及待地摘下自己的面具，迅速吸入的毒气烧伤了他们的肺。一旦这样就无力回天了，他们会透不过气，最终只能在吐血和窒息中死去。

在一条战壕里，我突然撞见了希默尔施托斯。我们低着头一起躲进同一个掩蔽壕。大家都互相靠着，喘着粗气，等待冲锋开始。

我情绪有些兴奋，但当我们再次冲出去时，我脑子突然闪出一个念头："好像没看到希默尔施托斯啊！"我忙着又跳回掩蔽壕，发现他躺在角落里，他只是破了点皮，却装作受了重伤。他脸色阴沉，惊恐地畏缩着，像挨过一顿毒打似的。他的神色恐惧不安，原来他这是第一次上战场啊。可是增援的新兵一个个都冲到外面去了，他反倒躲在这里，我不由得火冒三丈。

"出去，快！"我冲他吼叫。

他一动不动，嘴唇在抽搐，小胡子不停地颤抖。

"快出去！"我怒吼着。

他紧缩着双腿，身子贴在墙角，像条野狗一样露出了牙齿。

我用力抓他的胳膊，想把他拉起来。他立刻大声尖叫。这时我再也忍不住了。我掐住他的脖子，像摆弄一只麻袋似的来回晃，可是他竟也无耻地跟着摆动。我冲他大声喊道："你这条癞皮狗，你出不出去？胆小鬼，你想用装死来逃避是吗？"他看起来失魂落魄，我把他的头往战壕坑墙上撞去。"你是个猪狗不如的畜生！"我冲他肋骨就是一脚，"你这头猪！"我狠狠地把他推出坑道，让他的头先出去。

我们的冲锋部队又增援了一批。有一名少尉也在指挥，他看见我们后，冲着我们喊道："都过来，前进，全部向前冲！"我通过打骂侮辱没做到的事，他一句话就做到了。希默尔施托斯听到这声命令后，仿佛从梦中惊醒一样，环视了一下周围，随即奋力跟了上去。

我跟在后面，看着他的跳跃前行。这一下他似乎又是那个训练场上英勇干练的希默尔施托斯了，他甚至赶上了那名少尉，而且远远地冲到了前面。

轰炸、炮击、阻击、地雷、毒气、坦克、机关枪、手榴弹——这些词语啊，这些词语包含着全世界的恐怖。

我们的脸上堆满了污泥，我们的思想被摧毁了，大家全都精疲力竭。每当下达命令进攻时，我们不得不用拳头打醒许多人，让他们振作起来，和我们一起投入战斗。我们的眼睛通红，双手被撕裂出一道道的口子，膝盖淌着血，手肘也早已伤痕累累。

这种日子已经持续多久了？几个星期？几个月？还是几年？其实刚过了几天而已。我们看到时光从我们身边消失了，从那些垂死挣扎的人的脸上永远地消失了。我们把食物塞进自己的肚子里，我们奔跑，我们投掷，我们射击，我们屠杀，然后我们又就地而卧，我们身体疲倦，变得更加软弱无力了。而且没有任何东西还能支撑我们，只知道还残留着那些更无助、更疲惫、更虚弱的人，他们瞪大眼睛看着我们，把我们看成无数次从死神那里逃生的神祇。

在间断的几个小时的休息时间里，我们反复地教导他们。"那里，你们看到那种摇摇晃晃的尖弹头吗？那是一颗迫击炮弹，它正在袭来！赶紧卧倒，它会从你们的头顶上面划过。但是，如果它打到这边呢，就得赶快躲开！迫击炮弹你们是可以躲避的。"

我们努力培养他们的听觉，教他们能够听出小型炮弹发出的那种微弱的、难以辨别的嗡嗡声，这种声音是很难辨别清楚的，他们要把它从喧闹声中单独识别出来。我们告诉他们，比起那种带着巨响的炮弹，这种炮弹威力更大，更危险。我们又给他们做示范，如果遇上敌人的飞机，该如何迅速地隐蔽；在被敌人紧紧追击时，如何赶紧装死；要让手榴弹投出后着地半秒就爆炸的话，该如何推算时间。我们又教会他们怎样在炮弹袭来时，闪电一般扑到弹坑中去，如何使用一捆手榴弹去炸开一条战壕，告诉他们敌军手榴弹和我方的手榴弹的不同之处,还教给他们判断毒气弹的响声,给他们指出方法和几种活命的妙招。他们专心致志地听着,显得十分顺从。可是等到一上战场,他们便又在激动中忘了我们交代的各种事情。

海伊·韦斯特胡斯的背部被炸裂出一大块伤口,马上要被送走了。他每次呼吸时,别人都能通过伤口看见他的肺在不停地跳动。我只能悲伤地紧紧抓住他的手——"保罗,我要完蛋了。"他呻吟着,疼得他咬住了自己的胳膊。

我们看到那个头盖骨被炸裂的士兵还活着,我们看到被炸断双只脚却仍在奔跑的士兵,他们靠着破碎的残肢一瘸一拐地进入了一个坑洞。有个一等兵,他用手在地上拼命爬行了两公里,拖着自己被炸烂的膝盖前进;另一个一等兵,赶到急救所,双手满捧着从肚子里流出的肠子;还有那些少了嘴巴、没有下巴、毁了面孔、没了耳鼻的伤员;我们发现有个士兵用牙齿死死咬着胳膊上的动脉血管,整整两钟头,以免失血过度而死去。太阳西去,可怕的黑夜到来,炮弹又开始狂乱地咆哮。生命来到了终点。

然而,我们躺在这块被炸得破败的土地上,抵御着敌人强大的火力。我们仅仅沦陷了几百米的阵地,但是,每一米的土地上都埋葬着一个年轻的生命。

我们被调防了。车轮在我们下面滚动,我们痴痴地呆立着,只有在传来一声呼喊"当心——电线!"的时候,我们才不由自立地弯下腰去。当我们出发来到这里的时候,正好是夏天,草木还是青绿的,郁郁葱葱,而现在却已是秋季,夜色里雾蒙蒙、湿漉漉的。汽车停住了,我们轻轻地爬了下来。外面乱哄哄的一堆人群在涌动,到处都是幸存下来的部队残余。两边都有人站着,黑乎乎的一片,呼叫着各自部队的番号。随着每一次的叫喊,就会有一小堆人跟着回应,然后分离出去,那是小得可怜的一堆肮脏又苍白的士兵,小得令人吃惊的一堆人,小得可怕的一些弱卒残兵。

这时,有人在喊着我们连的番号,我们听出来了,那是我们的连长,他用绷带吊着一只胳膊,在前线也是死里逃生啊。我们走到他那边,见到了老友卡特和阿尔贝特,我们什么话也说不出口,只是相互深情地拥抱着,相互真诚地凝视着对方。

后来,我听到我们连的番号被连续叫了很久。那个人将会一直这样呼喊很长一段时间,而那些在医院的和弹坑里的人是听不到他的声音了。

又叫喊了一次:"二连的,到这边来报到!"

之后又轻声地喊了一句:"二连再也没有别的人吗?"

他沉默了。顿了一会儿才沙哑地问道:"只有这么点人了吗?"

"报数。"他声音有些颤抖。

早晨的天气灰蒙蒙的,我们来的时候还是夏天,有一百五十来个人。而转眼之间便感到冷了,已经是秋天了,秋风吹得树叶沙沙作响,嗓子发出低沉的报数声:"一……二……三……四……"报到三十二时便不再继续了。沉默了好一会儿,那个嗓音又问了一句:"还有人吗?"又顿了一阵,便轻声说:"成小队……"没有说完,话又中断了,许久才挤出几个字来。"二连……"接着又吃力地说完,"二连——齐步走!"

一行人,短短的一行人在清晨的光明中缓缓地前进。

三十二个人。

第七章

我们被送到比以往更远一些的一个战地兵站，这样我们可以重新整编，我们连队还需要再补充一百来名士兵。

在这些天，我们除了值班站岗外，便四处逛荡。过了两天后，正好见到了希默尔施托斯。自从他从前线回来之后，他那种骄横跋扈的神情就已经消失了。他主动表示愿意与我们友好相处。希望我们能接受他，我倒是很高兴，因为我曾亲眼看见海伊被炸伤时，是他和大家一起把海伊送回来的。此外，现在他变得十分通情达理，在我们缺钱的那阵子，他还主动请我们到兵营食堂吃过饭，只有恰登仍然对他心存芥蒂。

不过，很快他也改变了态度，因为希默尔施托斯对大家说，在军厨炊事长休假回家期间，上级安排他来代理职务。为了表示友好，他还当场分给我们两磅糖，另外还专门多给了恰登半磅黄油。他甚至想办法让我们在接下来的三天里到厨房去，负责削土豆和萝卜。在那里，我们也可以享受一下军官的伙食待遇。

所以，那阵子作为士兵的幸福最需要的两件事，吃好和睡好，我们都得到了。如果仔细想想，这根本不算什么。对于前几年来说，这本来就是最基本的要求，我们甚至会有些鄙视自己的想法。可现在我们已经非常知足了。这一切都是习惯，在前方战壕里也是这样。

这个习惯就是我们能很快适应而忘却过去的原因。昨天我们还在浴血奋战，今天我们却傻乎乎的，在村庄找寻粮食，而过了今夜，我们又将赶赴到前线战壕去了。实际上我们又怎能忘掉呢？只不过，我们无法离开战争，而前线的日子过去后，它们就像一颗石块沉到我们心底，它们太可怕，太沉痛了，让我们无法及时去思考。如果我们那么做了，那我们早就完蛋了。因为我发现了这样一点：一个人只是麻木地逃避，听天由命，还是可以忍受恐惧的，而如果一个人一旦对此进行思考，则必将付出生命。

正如在战场上我们会变得像一头发疯的困兽一样，因为这是我们能活命的唯一办法，可当我们一下前线开始休息时，又都变成了爱说爱笑、嬉戏打闹的人。而除此之外我们又能做些什么呢？这一切都是迫不得已。我们为了生存，必须不惜一切代价。所以我们不能用情感来增加自己的精神压力，这里所谓的感情，只有在和平的年月里才可能有点用，现在完全是多余的。克默里希已经死了，海伊·韦斯特胡斯昏迷不醒，而汉斯·克拉默尔挨了致命一弹，他们为了他的身体，还得忙到世界末日；马腾斯失去了双腿，迈尔死了，马克斯死了，拜尔死了，黑默尔林也死了，还有一百二十个人受了伤，不知道还躺在什么地方，这一切是那么的惨痛和凄凉，但是现在跟我们又有什么关系呢？不管怎样，我们还能活着。假如我们能去救他们的话，那么人们会看到，我们是多么不在乎自己是否会丧生，因为我们如果愿意，我们也不会一句牢骚也不发的。我们已不知道什么是可怕。至于怕死，是的，但那就另当别论了，那是与身体有关的事。

可是我们的伙伴死了，我们却无能为力，他们可以安静地长眠了。谁知道接下来等待着我们的将会是什么呢？我们只想让自己过得开心一些，舒服一些，睡觉，吃饭，让肚子能最充分地容纳食物，还要抽烟、喝酒，每一寸时光都要珍惜，因为生命实在太短暂了。

前线的恐怖，只要我们不再去回想，它就会彻底消失，那时我们把它编成了许多龌龊和残忍的笑话。一个人死了，我们会说他把屁股夹住了，还有不少同样的事情，我们也编成笑话。这样会使我们感到轻松一些，而不至于发疯，并且坚持住自己的抵抗。

但有些事我们并没有忘记！在战地新闻中报道的所谓部队里的幽默氛围，说什么要上前线了还有人排练跳舞，这些竟是瞎扯。我们有这样的幽默感，完全是为了麻痹自己，否则我们很快就会崩溃的！可即使如此，我们也渐渐坚持不下去了，毕竟这种幽默感一个月比一个月痛苦了。

而有一点我是清楚的，一切事情，在我们还在战场上时，都像石头一样深埋在我们的心底，可等到战争结束后，就会重新苏醒过来，只有到那时，我们才会探讨生与死这个永恒的问题。

在这里度过的那些日子、那些星期和那些年月还会重新回来，而那些死去的伙伴也将重新站起来，与我们共同前进，我们的脑子会渐渐地清醒，我们会找到一个目标，继续大步前进，我们死去的战友就陪伴在我们身边，身后是前线的岁月：对付谁呢？目标是谁呢？

不久以前，这一带有过一家前线剧场。花花绿绿的演出海报还黏贴在广告牌上。我和克罗普站在它面前，瞪大眼睛看着。我们简直不敢相信还有这样的事情存在。一个姑娘穿着浅色衣服，腰间系着一条红色漆皮腰带。她微笑着站在那儿，一只手扶在栏杆上，另一只手抓着一顶草帽。她穿着一双白色的长筒袜和白色的鞋子，一双带着搭扣看上去很精巧的高跟鞋。在她身后，一片汹涌起伏的碧海汪洋在闪闪发光，海边有一处明亮的港湾。她是个美貌绝伦的姑娘，精致的鼻子，淡红的双唇，修长的双腿是那么匀称而整洁，而且保养得极好；她一定是坚持每天洗两次澡，指甲缝中没有一点污垢，或者说，最多也只有几粒海滩的沙子而已。

她身旁站着一个男人，穿着一条白裤子、一件蓝色短外套，戴一顶水手的便帽，但我们对他就没那么感兴趣了。

广告牌上的姑娘对于我们来说简直就是一个奇迹。我们完全忘了还会有这样的事情，即使到了现在，我们仍不敢相信自己的眼睛。太多年了，我们没有见过这样的景色，没有看见过那种新奇、快乐、动人的景色。那是和平时期，和平时期就应该是这样的，我们感到心潮澎湃。

"你只要看一看她穿着这么一双精巧的高跟鞋，就知道她行军走路不可能超过一公里。"说完，马上我觉得自己很可笑，因为面对这样一幅画，还想着行军，简直是疯了。

"你猜她几岁了？"克罗普说。

"最多不会超过二十二岁吧，阿尔贝特。"我推测说。

"那么她就比我们大了！让我来告诉你，她最多十七岁！"

他的这句话让我们感到浑身发麻。"那不很好吗？阿尔贝特，你觉得呢？"

"我家也有一条这样的白色裤子。"他若有所思地点头说。

"白色裤子，可是像她这样的姑娘……"我说。

我们互相看了一眼，没有任何东西值得我们炫耀的，一身破旧的、沾满污渍的肮脏军服。要对比是完全没有希望的。

于是我们先过去把那个穿白色裤子的家伙从广告牌上撕下来，必须小心翼翼的，免得损坏了那个姑娘。那是可以做到的事，随后克罗普建议道："我们不妨捉一捉身上的虱子。"

我对此没什么兴趣，因为这样做会弄坏了衣服，而且要不了两小时虱子很快就又生出来了。但当我们再一次仔细欣赏了这张海报后，我改变了主意，我甚至想得更远。"我们也试试看，能不能也找一件这么干净的衬衫……"

阿尔贝特的话也很有道理，他说："最好是能弄到一双短袜。"

"短袜应该可以弄到。我们就去找找看吧。"

这时候，莱尔和恰登闲逛到这里。他们一看见海报上的姑娘，谈话立刻变得下流了。莱尔是我们班里最早跟女人发生过关系的人，他曾眉飞色舞地讲述过那个令人心跳的过程。他的眼睛猥琐地看着那幅画，恰登则在一旁随声附和着他。

我们并没有因为这个厌恶他们。在士兵里面，没有人是不下流的。但是那个时候不太适合我们，因此我们侧过身子，朝着除虱站齐步走去，心情格外舒畅，仿佛要到一家高级的男子服装店去一样。

我们宿营的房子，靠近一条运河。运河的一边分布着几个池塘，周围环绕着白杨树，运河的对面也有一群女人。

靠我们这边的房子，已经没人住了。只有对面那边，偶尔还能看到几户人家。

傍晚时分，我们相约去游泳。河岸上有三个女人若无其事地散着步，她们慢慢地走着，而且没有转移目光，尽管我们都没穿泳衣。

莱尔跟她们打招呼示意。她们笑了笑，竟还停下来看我们。我们用磕磕巴巴的法语和她们搭讪，全是些心血来潮的闲话，说得乱七八糟，而且急匆匆的，怕她们转身离开。她们长得并没有多么漂亮，但是在这个地方，哪里还能找到她们这样的人呢？

其中有个姑娘身材苗条，肤色浅黑。她微笑时，可以看到洁白的牙齿闪闪发亮。她动作麻利，裙子在她的双腿四周随轻风自由自在地飘动。虽然河水冰凉，却丝毫没有浇灭我们那兴奋的热情。我们竭尽全力引起她们注意，好让她们在这儿多留一会儿。我们尝试着开了一些玩笑，她们也冲我们讲话谈笑，但我们听不懂她们说的话。我们笑着，朝她们招手。恰登灵机一动，他跑回去屋子里，拿来一块粗面粉做的军粮面包，向她们举起来挥动着。

这一招果然奏效。她们呼唤着招手点头，要我们游过去。但是我们不可能这样做。因为到河岸对面是严令禁止的。所有的桥上都有岗哨虎视眈眈地看着，没有证件是不能通过的。因此我们向她们招手，示意她们到我们这边来，但是她们也无可奈何地摇着头，指着桥上。她们也不允许到我们这边来。

她们转过身子，慢慢地走到运河边，一路沿着岸边走了。我们在水里随着她们往前游。大约过了几百米，她们拐了个弯，用手指着一幢房子。那房子在稍远的地方，隐藏在树林灌丛的后面。莱尔问她们是不是就住在那里。

姑娘们都笑了。是的，那就是她们住的地方。

我们冲她们大声喊着，告诉她们，等岗哨看不见的时候，我们会来的。要在夜里，也许就是今天晚上。

她们举起双手，合在一起，然后捂住脸，随即又把眼睛闭了起来。她们听懂了我们的话。那个身材苗条、肤色浅黑的姑娘踏着舞步。一个金发的姑娘还在叽叽喳喳地叫喊着："面包……好……"

我们热情地对她们保证，我们肯定不会忘记。而且还会带上其他更美味的食品，我们转动着眼珠，边说还边用手势向她们表达。莱尔为了让她们理解"一条香肠"的意思，差一点被淹死。如果有必要的话，我们甚至会答应她们把军需仓库的食物全都拿来。她们走了，边走边回头张望。我们爬上了自己这一边的河岸，注意着她们是不是会走到那所房子里，因为她们说不定只是拿我们寻开心。然后，我们又下水游了回去。

没有通行证，任何人都不允许过桥，所以我们只能等到夜里再潜水过去。大家特别兴奋，都有些等不及了。于是我们就到营房的食堂里找了点啤酒和潘趣酒来消磨时间。

我们喝着潘趣酒，各自都讲述着自己有趣的经历。每个人都很乐意去相信别人讲的故事，但总是催促人家快点讲，好让自己讲一个更加丰富的精彩故事来压倒别人。我们的手安静不下来，我们一支接一支地抽着香烟，直到克罗普的话又引起我们的注意，"我提议，我们可以带些香烟去找她们。"于是，我们就在军帽里塞进了几支纸烟，保存起来。

天空变得好像未成熟的苹果那样一片绿莹莹。我们一共四个人,可是只能去三个人,所以必须把恰登留下,于是我们都跟他喝朗姆糖酒和潘趣酒,很快他就被灌得东倒西歪,一副醉醺醺的样子。天色渐暗时,我们才返回宿舍。恰登走在我们中间。我们满怀热情,满脑子都想着干那种风流韵事。那个身材苗条、肤色浅黑的姑娘是我的。这件事情我们已经提前商量好了。

恰登往草垫上一躺,立马就打起了呼噜。有一次他忽然醒过来,咧着嘴发出狡猾的笑声,让我们吓了一跳,以为他是在戏耍我们,那些潘趣酒都被他白喝了。不过很快又有节奏地响起了呼噜声,他沉睡过去了。

我们每人都拿了一整块军粮面包,用报纸包好。我们还把几支烟卷也包在了里面。另外还有我们当天晚上才分到的三份上好的美味佳肴——肝酱灌肠。这份礼物够体面了。

我们把那些礼品小心翼翼地塞在长筒靴里,长筒靴我们是一定要带的,为了不至于上岸后光着脚踩在铁丝和玻璃上走。因为我们得潜水过去,所以也没多穿别的衣服。好在天色也是够黑的,路程也不算远。

我们拎着长筒靴,就这样迫不及待地出发了。我们都迅速地滑进河水里,仰泳过去,把装东西的长筒靴高高举起。

到了对岸,我们轻轻地摸黑爬上了岸坡,先把长筒靴里的那些东西取出来,然后再穿上靴子。我们把东西夹在胳膊下面,我们便这样湿淋淋的，赤裸着身子，只穿着一双长筒靴，向那幢房子急急地飞奔而去。穿过黑漆漆的小树丛，我们很快就找到了那个地方。莱尔过于激动，一不留神被一块树根绊倒，肘部擦破了。"没事，没事。"他仍然很高兴地说。

百叶窗紧闭着。我们蹑手蹑脚地绕着房子走，想找个有缝隙的地方窥视一下。后来实在有些等得不耐烦了。克罗普突然有些紧张地说："要是现在有一位少校跟她们在里头，那该如何是好呢？"

"那我们就赶紧溜之大吉，"莱尔咧着大嘴奸笑，"在这儿有部队的番号，会被他认出来的。"说着他撅起自己的屁股拍打了两下。

院子的大门敞开着。我们的长筒靴发出了巨大的响声。房门打开了，一道亮光从里面透了出来，有个女人吓得尖叫起来。我们说道："嘘，嘘！Camerade——bon ami——"[1] 我们一边恳求，一边高高地举起我们带来的那包东西。

另外两个姑娘听到外面的动静，也出来了，我们被屋里的灯光照得清清楚楚。她们也认出了我们，看见我们这副样子，三个人都不禁笑了起来。她们在门框边笑得前俯后仰，简直难以克制。她们的动作是多么美妙啊！

"Un moment——"[2] 她们进去了，然后从屋里扔出几件衣服，我

---

[1] 法语："同志——好朋友——"，camerade 是 camarade 的误用。
[2] 法语：等一下。

们就高高兴兴地将它们套在身上。这样我们才可以进去。屋里点着一盏小灯，暖洋洋的，少许香水的气味弥漫在空气中。我们打开自己带来那包东西，把见面礼递给她们。她们的眼睛立即闪放出亮光，看样子就知道她们全都饿坏了。

这时，大家都有些不知所措。莱尔笑着冲大家做了一个吃饭的手势。气氛才迅速活跃起来了，她们纷纷取出了餐刀和盘子，直扑那些食物，狼吞虎咽起来。在吃每一段肝酱灌肠前，她们总是先举起在手上欣赏一会儿，我们非常自豪地在一旁坐着。

她们像鸟一样叽叽喳喳讲个不停。虽然我们只能听懂几句，但还是很专注地倾听着，我们能听出来，她们说的都是友善的。我们看起来都是些年轻小子。那个身材苗条、肤色浅黑的姑娘轻轻地抚摸着我的头发，说了所有法国女人常说的话："La guerre——grand malheur——Pauvres garcons——"①

我紧紧地抓住她的手臂，将我的嘴唇贴压在她手掌上。她便用手指托住我的脸。紧挨在我上面的是她那双眼睛迷人的眼睛，那光滑柔和的皮肤，以及那朱红色的嘴唇。她的嘴说着我根本听不懂的话。她的眼神我也没有完全理解，这双眼睛好像饱含着比我们来这里的时候所预料的更多、更特殊的内容。

隔壁还有别的房间。我走过的时候看到了莱尔，他正在美滋滋

---

① 法语：战争——巨大的不幸——可怜的孩子。

地搂着那个金发女郎，还大声地说笑着。他可是个风月老手。但是我呢，我是第一次体验，完全陷入一种手忙脚乱却又急不可耐的冲动之中。我的好奇、紧张、渴求和其他感觉搅成一团。我感到有些头晕，这里没男人可以依靠或抓取的任何东西。我们把自己的长筒靴也留在了门口，她们给我们换成了拖鞋，就这样，凡是能让我回忆起士兵的安全和胆量的东西，都已不存在了：没有了步枪，没有了武装腰带，没有了军服、没有了军帽。我仿佛将自己置身于一个未知的地方，不管发生什么都无所谓。但还是难以克制地感到紧张，多少有些害怕。

这个身材苗条、肤色浅黑的姑娘在沉思的时候，眉毛总是轻轻地抖动。而交谈的时候，眉毛却一动不动。而她的话语，往往没等出口变成话，就已经过去了，有时说出了一半，就在我头顶上飘走了。仿佛是一座搭了半边的拱桥，或者一条小径，或是滑落的彗星。关于这些，我曾经知道过什么，现在又知道什么？这些意义不明的外国话，我几乎一点都不懂，它们却使我昏昏欲睡，进入一片宁静的氛围，屋子逐渐昏暗下来，慢慢地消失在半明半暗的光线之中。只有紧贴着我的那张脸还是那么充满生气且明亮。

一张脸的模样真是瞬息万变啊，一个钟头之前它还是陌生的，而此刻却带着温存与亲切，这种温存并不是来自脸庞，而是来自黑暗、世俗，来自燃烧的血液，而所有这些事物仿佛都聚集起来在这张熠熠生辉的脸上。屋子里的东西也受到影响而发生变化，它们变得很奇特。当灯光轻抚在我那浅色的肌肤上面,那只棕色冰凉的小手在上面游动着,我不由自主地生出一种崇敬之情。

所有这一切和在军官妓院里的情况是多么不同啊。那里是准许我们进去的,不过得要先排很长的队才行。我真不愿回想那里的情形,但浓浓的欲火使我不由自主地想到那上面去了,而且我有些恐慌,因为那些过去的经历,或许再也摆脱不掉了。

然后,我触碰到了那身材苗条、肤色浅黑的姑娘的红嘴唇,于是我也努起嘴唇贴上去,我紧闭双眼,我真的想用这样的方式将一切——战火、恐慌、邪恶——通通擦除掉,好让青春和幸福重新来过。我想起海报上那个白裤子的姑娘,有那么一瞬间,我曾闪过一个念头:只有得到她,才能活下去。而且,如果我和紧紧怀抱着我的胳膊贴得再紧一些,奇迹也许就会出现。

……

就这样,过了不久,我们大家又围聚在一起了。莱尔显得情绪高涨。我们穿上长筒靴,恋恋不舍地告别了她们。夜风轻轻地抚摸着我们热乎乎的身体。高大的白杨树耸立在黑暗中,发出沙沙的响声。月亮闪闪地挂在天空中,同时也在运河的水流中静静地浮动着。我们没有快速狂奔,而是肩并肩大步地走着。

莱尔说:"一份军粮面包,这是值得的。"

我一路沉默,没心情说话,其实我一点都不觉得快乐。

这时,我们听到前方有脚步声,就顺势躲到一株灌木后边。

脚步声越来越近，已经紧靠在我们身旁了。我们看到一个光着身子的赤裸裸的士兵，穿着和我们一样的长筒靴，他的胳膊下面夹了一包东西，向前飞奔着。看样子应该是恰登，他在全速前进着，一会儿便踪影全无了。

我们都暗暗发笑。明天早上他肯定会骂我们一顿。

我们在没有人注意到的情况下，又悄悄地躺回到自己的草垫上了。

我被叫到了办公室。连长递给我一张休假通行证和一张车票，还祝我旅途顺利。我看了看假期，一共十七天——休假十四天，路途假三天。这太少了，于是我小心地请求，能否多给我两天路途假。贝尔廷克没说话，只是指了指我的证件。我这才知道，我不用赶着返回前线。休假结束后，我要到一个野外营区去报道，参加一个专门的训练课程。

其他人都很羡慕我。卡特给了我很好的建议，他嘱咐我要努力去混个基地的活儿干。"要是你足够机灵，你就能在那个职位长久地干下去。"

其实我更希望再过八天才开始休假，我们在这里生活了这么久，而且这里也挺舒服的。

当然，临行前我还得请大家在营房食堂喝顿酒。我们都有点喝醉了。而我的心情却沮丧起来。我要离开这里六个星期，这自然是幸运的，可是等我再重返时，又会发生什么呢？我还能再见到这些伙伴吗？海伊和克默里希都已经走了——下一个又该轮到谁呢？

喝酒的时候，我把每个人都细细地看了一遍。阿尔贝特坐在我身边，他一声不吭地抽着烟，我们总是在一起的；对面的卡特蹲坐着，耷拉着肩膀，大拇指粗实宽厚，说话的声音十分平静；米勒大声笑着，牙齿突出；恰登的一对老鼠眼转来转去；莱尔蓄着大胡子，看上去至少四十岁了。

浓烟笼罩在我们的头顶半空。只要有士兵的地方，就不会没有烟草。营房食堂是我们这些普通士兵的避难所，啤酒不单单是一种饮料，也是一个人可以随意舒展四肢、摇摆放松的标志。我们做这些事，像进行着一种仪式似的，大家伸长着双腿，随意地吐痰，一切都做得那么好。一个过了今夜就要离开的人，所有的事情都会浮现在眼前！

夜里，我们又去了运河对岸。我几乎不敢告诉那个身材苗条、肤色浅黑的姑娘，说我要离开了，而等我再回来时，我们肯定会和这里相隔很远，我们再也不会重新见面了。听完，她只是点点头，并没有流露过多的情绪。起初，我不能理解，但随后我明白了，我想起莱尔的话：我如果要上前线，她会对我说"pauvre garcon"，但是休假回家——她并不想听这个，这没么有趣。让这个叽叽喳喳的长舌头女人见鬼去吧。人本来梦想着会发生奇迹，可醒来时却只看见一块块军粮面包。

第二天早晨，捉完虱子后，我就到军用火车站去了。阿尔贝特和卡特一块儿送我。在车站我们得知还要等三个钟头火车才会开。他们俩必须赶回去站岗值勤，于是我们就相互道别了。

"祝你好运，卡特；祝你好运，阿尔贝特。"

他们转身走了，还挥了两次手。他们的身影越来越小。那走路动作和身影我都是那么熟悉，无论距离多远，我都能认得出他们。随后他们便消失不见了。

我一个人坐在背包上等着。

突然，我感到焦躁不安，真想马上就离开。

我在好多车站上躺过，我在好多流动厨房前站过，我还在不计其数的木板长椅上蹲过。终于，外面的景致变得让人压抑不安，令人感觉神秘而又熟悉。在暮色下的车窗外面，掠过一座座村庄，村庄里的茅草屋顶像白色的帽子一样戴在一半用木材盖成的房子上，一片片农田，仿佛一块块珍珠母一样在斜阳下闪烁着，一片片果园，一座座谷仓，还有一株株茂盛的老菩提树。

站牌的名字开始变得有意义了，我的心像激荡的音符一样颤动起来。列车隆隆地向前滚进，我站到车窗前，抓紧窗框。这些站牌划定了我年轻时的分界线。

平坦的草地、原野、农场，一辆畜力车在湛蓝的天空下，孤单地沿着笔直的道路向地平线的尽头行进，一道拦路木栅，农民隔在铁道外面等待着，姑娘们在热情地招手，孩子们在铁路旁追逐玩耍，还有他们身后通往村子的大道，平整的、没有炮兵部队的道路。

已经是黄昏了，如果列车行进时的轰鸣声消失了，我肯定会喊出声来。广阔的平原出现在眼前，原野上一马平川，山脉郁郁葱葱，蔚蓝的剪影从远处铺展开来。我看到了多尔本贝尔格所独有的轮廓，犹如一把锯齿形的梳子从树林的上空陡然耸立起来。大概就快要到城市了。

可是这会儿，夕阳照满大地，万物都染上了一抹红色，列车嘎啦嘎啦扭转着身躯，转过一个又一个弯道。远处，白杨树一棵接一棵挺立着，但它们看上去又那么脆弱，那么昏暗，那么不真实，仿佛是一幅融入阴暗、光明和希望的风景画。

田野慢慢地蜿蜒曲折过去，列车环绕着它前进，树木之间也没有了空隙，成了很大一整块，一瞬间又只剩一棵树了。但随后，它们又出现在最前面那棵树后面，在天边排成一条长线，一直到消失在第一批房子的后面。

到了一个铁道交叉路口。我站在车窗旁边，不愿离去。大家都拾掇着行李物品准备下车了。而我却一个人一遍遍默念着路过的街名：不来梅街，不来梅街……

在下面是骑自行车的人、马车和行人，这是一条灰蒙蒙的街道和一条灰蒙蒙地下通道；它使我的心激荡起来，仿佛母亲的面容浮现在我眼前。

随后火车缓缓地停了下来。外面是一个充满叫喊声和喧哗声的挂满招牌的车站。我背上背包，系好背带，把步枪握在手里，摇摇晃晃地走下了火车的阶梯。

我站在月台上环顾四周，在往来的人流之中，我什么人都不认识。一个红十字会的女护士给了我一杯喝的东西。我忙转身道谢，她冲我微笑了一下，笑得太傻，而且一心以为自己很了不起：看见了吗？我拿咖啡给一名军人喝呢。她称呼我为"同志"，可是我一点都不想要听到。车站外面，有一条小溪沿着街边潺潺地流着，白花花的河水是从磨坊桥的水闸冲出来的。那边矗立着一座古老的四方形瞭望楼，它的前面是那棵斑斑驳驳的伟岸高大的菩提树，背景则是苍茫的暮色。

过去我们经常来这里坐着——那是多少年以前的事了——那时我们走过这座桥，就闻到桥下这潭污水散发出冰凉、腐朽的臭味，我们就在水闸的这边向下边的臭水弯下腰，看着悬挂在桥墩上的藤蔓植物和水藻，而在炎热的夏天，我们就到水闸那边去观赏着不停涌现的泡沫，嘴里唠唠叨叨地谈论学校的老师们。

我从桥上走过，向左边看看，又向右边看看。河水依旧漂满了浓浓的墨绿水藻，而且一直闪射出弧形的光芒向下奔流。在瞭望塔楼里，洗烫衣物的女工照旧露着膀子，摆弄着干净的内衣，熨斗的热气一缕缕从打开的窗户里扩散出来。一条狗懒懒地在大街上走，人们在门口闲站着,用异样的目光看着我这个浑身肮脏、又背着负重的人走过去。

这家糖果店,我们以前经常来买冰冻甜食吃,而且还在这里学会了抽烟。我正在走的这条街道,沿途的每一个铺子我都太熟悉了,食品杂货店、药店、面包房,全都那么亲切。终于,我站在了一扇把手已磨损的褐色大门前,我的手变得沉重起来。我轻轻推开门,迎面扑来的是一股奇怪的凉意,我的眼睛渐渐潮湿了。

我的长筒靴踩得楼梯嘎吱作响。上面有扇门啪的一声开了,有人扶着栏杆向下看。被打开的是厨房的门,她们正好在煎土豆饼呢,煎饼的气味扑鼻而来,弥漫在整间屋子。我想今天又是星期六了,扶着栏杆张望的那人一定是我的姐姐。突然,我竟感到有几分难为情,低下头来,接着我把钢盔脱了下来,抬头细看。是大姐,果然是我的大姐!

"保罗!"她叫着我,"保罗!"

我点了点头,背包撞在了栏杆上,手里的步枪实在太重了。

"妈妈,妈妈,保罗回来了!"大姐转身撞开一扇门,高喊着。

我的身子一下定住,再也不能往前走了。妈妈,妈妈,您的儿子,保罗回来啦。

我把身体靠在墙上,手上紧紧抓着钢盔和步枪。我费尽全力把它们抓住,但双脚钉在地上,一步也迈不出去,楼梯在我眼前逐渐变得模糊了,我用枪托在脚边支撑住身体,紧紧咬着牙,然而我一个字都说不出来,大姐的那声呼喊竟使我浑身无力,我挣扎着想笑一笑、说句话,但我什么都不能做。我只能静静地站在楼梯上,悲伤、困惑、思念,种种情绪一拥而上,身体不由自主地抽搐着,泪水早已夺眶而出。

姐姐又走回来,问道:"你怎么啦,保罗?"

于是我重新振作,一步一顿地上了楼。我把步枪靠在一个墙角,把背包放在墙边,再把钢盔放在上面,把皮带之类的东西都解了下来。然后我喘着大气说:"给我拿条毛巾来!"

她到厨房给我拿来一条毛巾,我把脸擦干净。我头顶的墙上挂着一个玻璃镜框,里面夹藏着我过去收集的彩色蝴蝶。

这时候我听到母亲的声音,是从卧室里传出来的。

"她还没起床吗?"我问姐姐。

"她病了……"她回答道。

我走进卧室,把手伸给她,尽可能平静地说道:"妈妈,我回来了。"

她在昏暗的光线中躺着。随后她略带不安地问我:"孩子,你是不是受伤了?"而我也感觉到她目光中的试探。

"不是,我是回来休假的。"

我母亲的面色十分苍白,我没勇气点灯。"我现在躺在这里流泪,"她说,"应该好好高兴才是啊。"

"你是不是生病了,妈妈?"我问。

"我今天要起来一会儿。"她说着,转身把脸向着我姐姐,姐姐不时出来一下,又立刻回到厨房里去,怕把饭菜烧焦了。"把那个越橘罐头打开,你不是很喜欢吃的吗?"她问我。

"是的,我已经很长时间没有吃到这个东西了,妈妈。"

"我们好像算到你要回来似的,"姐姐笑着说道,"正好都是你爱吃的东西,土豆煎饼,甚至还有越橘罐头。"

"还有,今天是星期六呢。"我又说。

"孩子,你坐到我这里来。"我妈妈说道。

她默默地看着我。她的那双手和我的手相比,显得苍白、虚弱且干瘦。我们没有谈什么话,我很感谢她什么都没问。而我应该说些什么呢?一切愿望在这一瞬间都已经实现了。我顺利地平安回来,坐在母亲身旁。我姐姐站在厨房里,做着晚饭,哼着歌。

"我亲爱的孩子。"母亲缓缓地说。

在我们家里,感情的事都不会轻易表现出来。穷苦人的家庭都很辛劳,他们必须干很多活,各种情感都会深藏在心底。他们不会把那些已经知道的事,一次又一次地说出来。但当母亲说那句"亲爱的孩子"时,我能感受到它包含的意义比任何人说出来都更为深刻且丰富。我清楚地知道,那罐越橘是她们几个月来仅有的一罐,而她为了我专门省下来保存着,还有,她现在给我的那些已经不太新鲜的饼干,也是留给我的。这些不好弄来的东西,她肯定是碰巧弄到了一些,却全部都留着等我回来。

我坐在她的床边，对面饭店老板家花园里的栗树，透过我的窗口，闪耀着金褐色的光彩。我慢慢地深吸了一口气，自言自语着说："我回家了，我真的已经回家了。"但是我摆脱不了一种陌生的感觉，它正在笼罩着我，这一切仍然没法让我觉得舒适和轻松。这里有我的母亲，有我的姐姐，有我存放标本的玻璃匣子，有我的桃花心木制的钢琴，可是我，已不是原来的我了，过去和现在的我之间已经存在一段距离，隔着一层面纱。

我出去把我的背包拿到床边，把里面带回来的东西拿了出来：一整块荷兰干酪，那是卡特特意给我弄来的，两块军粮面包，四分之三磅黄油，两罐肝酱灌肠，一磅猪油和一小袋米。

"这些东西，我想家里都是需要的。"

她们点了点头。

我问道："家里供粮质量是不是很差？"。

"是的，这些都供应不足，你们在前线够吃吗？"

我指了指那些带回来的东西，微微一笑说："当然不是天天都能吃到这么多，不过基本上还说得过去。"

埃娜把这些食品拿走了。我的母亲突然猛地抓住我的手，迟缓且凝重地问："在前线生活一定很糟糕吧，保罗？"

妈妈，让我怎么回答你呢？你是不会明白的，你永远不可能明白的。你也永远不需要明白。在前线是不是很糟糕，你问。你，妈妈啊。我摇着头说："不，妈妈，那儿并不是很糟糕。我们许多人都在一起，并不觉得有多么糟糕。"

"哦，可是上次海因里希·布雷德迈尔来过这儿，他说在前线，恐怖得很，各种各样的花样，还有什么毒气。"

说这些话的是我母亲。她说：各种各样的花样，还有什么毒气。她并不明白自己在说什么，这不过是她担心我罢了。可我该不该告诉她，我们那次发现了敌人的三条战壕，那里的士兵都像中风了似的僵立在那里。有些人靠着墙，有些人在坑道里钻着，有些人站着，有些人躺着，他们都待在原位，但个个面孔发紫，全部都死掉了。

"啊呀，哪有那么可怕呢？妈妈，那都是谣言。"我回答着，"那个布雷德迈尔说的也不一定就是实话。你看我现在的样子，我身体不是很健康、很壮实嘛……"

安慰着母亲的焦虑和忧愁情绪的时候，我的心情平静下来了。这时的我可以随意来回走动、谈吐自如地回答问题了，不再害怕自己因为世界变得像橡胶那样柔软、血液变得疲软无力而再次浑身虚弱地倚靠到墙上了。

趁母亲想起床，我就到厨房姐姐那边和她聊了一会儿。"妈妈得了什么病？"

姐姐耸了耸肩说："她已经病倒两个多月了，但是我们不想写信告诉你。好几个医生都来给她看过病。其中有一个说，可能又是癌症。"

我到地区指挥部去报到。我慢悠悠地在街上闲逛着，偶尔会有人跟我说话。我不会停留得太久，因为我不乐意和人聊天。

当我从营房返回时，忽然听到有个大嗓门冲我喊叫。我依然陷在自己的沉思之中，忙转过来身仔细一看，才发现面前正站着一个少校。他恼怒地说道："你没练过敬礼吗？"

"真抱歉，少校先生，"我慌张地解释说，"我没注意到您。"

他嗓音更响了，吼道："你难道不知道该怎样把话说得礼貌一些吗？"

我真恨不得上去扇他一巴掌，但终究还是克制住了，因为这关系到我休假的时间。于是我使劲靠脚立正，然后报告说："我刚才没注意到您，少校先生。"

他大声呵斥道："那么睁大你的眼睛，告诉我，你叫什么名字？"

我回答了他。

他那红通通的胖脸上怒气仍在。"你是哪一个部队的？"

我赶忙按照规定报了出来。但他仍不放过我，觉得不够。"你们的驻军在什么地方？"

我实在有些不耐烦了，便说："在朗格马克和比克斯朔特中间。"

"什么？"他问道，有些愣住了。

我跟他解释，说我是从前线退下来休假的，一两个钟头前刚到家。我本以为他听完后就会走开了，但根本没有，他更加愤怒了："你以为你可以把在前线的那些做法带到这儿来吗？我们不吃你这套！谢天谢地，我们这里是有纪律的！"

他大声向我命令道："向后退二十步，齐步走！"

我简直怒火中烧。但我毫无办法，只能执行他的命令。只要他高兴，就可以马上把我抓起来。于是我跑步退后，之后重新向他走过来，到了距离他六七步远时，挥手向他行了个军礼，直到走过他六步之后，才把手放下来。

他又把我叫回来，和悦地表示，这一次他比较满意，可以从轻处理了。我站得笔直，赶忙道谢。"解散！"他威风地发出了命令。我咔嚓一声迅速转过身，离开了。

这件事使我整个晚上都没了心情。我一回到家，便立刻脱下军装，扔到角落里，反正我早就打算这样做了。随后我又从衣橱里取出一套便装，把它穿在身上。

我已经觉得非常不习惯了。这套便装穿着又紧又短，很不合身，因为我在入伍之后长高长胖了。衣领和领带给我添了些麻烦。最后还是我姐姐过来帮我打了个领结。但比起军装来，这套衣服太轻了，使人感觉身上就穿衬衫和衬裤似的。

我对着镜子照了照。那模样真奇怪。镜子里，一个晒得黝黑、长得高大、将要接受基督教坚信礼的小伙正惊讶地看着我。

看到我穿这套便服，母亲显得非常高兴。这样一来，她觉得我亲切了许多。不过我的父亲想让我穿着军装，这样他就可以带我去拜访他的熟人。

但是我拒绝了。

可以静静地坐在某个地方，比如说饭店主人的花园里面，九柱戏球道旁边的栗树下面，是件很惬意的事情。落叶零星地飘落到地上、桌上，只有那么几片。我面前摆放着一杯啤酒，我是入伍后学会喝酒的。酒杯里一半已经入肚，杯里剩下的美味清凉仍然能享用几大口，再说，如果我高兴了，可以再来第二杯、第三杯。这儿远离了军号声和讨厌的炮击，主人家的几个孩子在九柱戏球道上玩耍，一条狗还躺在我的膝盖上。天空湛蓝，在栗树叶中间，高高地耸立着圣玛加雷特教堂那绿色的尖塔。

这样挺好，我很喜欢。但是我和这里的人相处不好。母亲是唯一不向我提问的人。而父亲却完全不同。他要我对他讲述前线的事，他的这份好奇心让我觉得既愚蠢又痛苦，后来我们之间再也没有了真正的沟通。他总是听得很着迷。我理解，但他不懂有些事情是不能讲的，尽管我本来是愿意讲给他听的。然而要把那些现实描绘成语言，对我来说是一种危险，令人担心，我害怕它们会变得十分庞大，再也无法控制。要是能说清楚前线发生的事，那我们还不知会变成什么样呢。

因此我只给他讲了一些有趣的事。但他突然问我，有没有跟敌人来过一场肉搏战，我说了句"没有"，就起身往外走了。

不过这样也无济于事。有好几次在大街上，电车的嘶吼声特别像飞驰而来的炮弹的呼啸，这响声吓得我心惊胆战。这时，有个人在我的肩膀上拍了一下。我转过身，发现那是我的德文老师，他也总是问一些别人问过的老问题："前线怎样？很恐怖、很可怕是吧？是的，那是很可怕的。但是我们一定要坚持下去。不过不管怎样，我听人说你们伙食不错。保罗，你身体都壮实了，气色也很好。相比之下，这里的情况可就差远了，这也是应该的，营养好的东西总是要留给前线的战士！"

他又拉着我到一张围坐着许多熟面孔的桌子那里。大家都很热情地接待我，一位校长还起身同我握了握手，说道："原来你是从前线回来的？咱们的士气怎么样？好样的，好样的，对吧？"

我做了说明，大家都很想回家。

听完我的话，他开怀大笑。"这个我完全相信！但是，你们得狠狠地教训那些法国佬！你抽烟吗？在这里，你不妨抽一支，服务生，也给我们的前线战士来一杯啤酒。"

我责备自己不该接受那支雪茄，搞得我还得跟他们敷衍几句。他们实在有些过分热情了，这让我感到盛情难却。虽然这样，我还是非常气恼，一个劲地猛吸着烟，眼前升起浓浓的烟雾。为了要表达一下感激之情，我一口气喝干了那杯啤酒。但很快又满上了第二杯。人们心里都知道，受了军人太多恩惠了。接着他们便议论谋划着我们应该吞并哪些地方。戴钢制表链的校长发表他的观点，觉得至少应拥有整个比利时、法国的煤矿区，以及俄罗斯的一大块领土。他还很详细地说明了要这些地方的理由，而且一个劲地坚持着他自己的意见，并迫使反对者同意他的话。然后他又自信地指出突破口，应该是法国的某一处地方，随后他转过身看着我说："那么，只要用你们那种持久的阵地战，在那边每次稍微向前挪动一点儿。只要赶走那些混蛋，和平很快就会到来。"

我回答他，按照现在的形势，已经不可能再突破了。一方面敌人那边的后备部队实在太多了，另一方面，战争跟人们所想的完全不一样。

他狂妄地拒绝考虑我的看法，并指责我对这些事一点都不懂。"的确是这样，但这是个别的情况，"他说，"问题涉及的是整体。这一点，你就不可能这样判断了。你只是看到你们那小小的一部分地区，因此就不了解全貌。你为国尽忠，甘冒生命的危险，这应该获得最高荣誉——应该给你们每一个人颁发一枚铁十字勋章——但你们首先要做的是在佛兰德斯突破敌军的战线，随后大军从北面进攻。"

他喘了口气，捋了下胡子说："应该全面对他们发起进攻，从上至下，随后攻占巴黎。"

我感到惊讶，这些他都是怎么想象出来的。同时第三杯啤酒也已不由自主地灌倒了肚子里。他又叫服务员送了一杯过来。

然而我告辞了。他又拿了几支雪茄往我口袋里塞，并且亲切地拍了拍我，让我离去。"祝你一切顺利！希望我们很快就能听到你们的好消息。"

我没想到休假是这种情况。如果是在一年前，肯定是不一样的。也许，这段时间里发生变化的是我。现在和过去之间已经有了一道鸿沟。那时，我们对战争毫无认识，只是在一个和平的地方驻扎着。而现在，我发觉自己已经渐渐被侵蚀了。我已经不属于这里了，这里是一个陌生的场所。这里有的人喜欢提出一些问题，有的人却很漠然，什么也不问，人们可以看得出来，那些什么都不问的人，往往还带着一种什么都通晓的神态，认为这些事根本无须谈论。而且他们对此很是自负。

我宁愿独自待一会儿，这样就没有人来干扰我了。因为他们问来问去，总是回到同一个问题上，无非就是战况有利吗？不利吗？一个人认为是这样，另一个人认为是那样，但是说来说去，他们终归会回到与自己利益相关的话题上去。过去，我也曾像他们那样生活着，但是现在，我们之间已经没有共同语言了。

他们对我讲得太多了。他们有烦恼、追求和愿望，而我却不能认同这些。有时我在饭店主人的小花园里，和他们其中一个人聊天，试着跟他解释，其实只有这么一件事情：就这样寂静地坐着。他们都知道，也理解，甚至都有过这种感觉，但那只是说说而已，说说而已，就是这样——他们有所察觉，但他们总是半个人在体验，另外半个人在进行着其他事情，他们这样分心，没有一个人能静下心来专注地投入到这种感觉中去的，事实上连我自己都搞不清楚，我说的是什么意思。

每当我置身于他们的活动场所，比如房子、办公室、工作岗位上时，我就觉得有一种力量强烈地吸引着我，我也很想留在这里，忘掉战争，但是那也同样让我感到厌烦，它是多么狭隘啊，它怎么能充实一个人的生活呢，应该把它粉碎掉。当前线的弹片在弹坑上方横飞、照明弹向高空升起、伤员躺在帐篷帆布上被送回、战友们穿梭在战壕之间的时候，他们怎么可以这样！他们在这儿是另一种人，是我无法理解的人，是我既嫉妒又鄙视的人。我情不自禁地想起我的战友们，卡特、阿尔贝特、米勒和恰登，他们现在在做什么呢？也许他们正在营房食堂里，或者是在河水中游泳，很快，他们又要上前线去了。

在我的房间的桌子后面，有一张棕色的沙发。我就坐在那沙发上。

房间四面的墙壁上用图钉钉满了图片，都是我以前从杂志上剪下来的。我以前喜欢的明信片和绘画，就钉在图片之间。屋子的角落里放着一只小铁炉。我以前的书全都摆放在靠墙的书架上。

当兵以前，我就住在这间小屋子里。这里有不少书都是我用教课挣的钱买来的。它们中有不少是二手书，比如所有的古典名著，一本一马克二十芬尼，是蓝布面精装本。这些书我喜欢买全集，因为我是个仔细认真的人，我觉得编辑不一定能把好的作品全都编进去，所以我买了"全集"。我以真诚的热情看完了书架上几乎所有的书，但是真正能够吸引我的没有几本。相比之下，我宁愿读另一类书，那就是价格偏贵的现代作品。有几本书是用不太老实的手段得来的，因为实在太喜欢，所以借了人家的却没有归还，因为我舍不得跟它们分开。

其中一个书架上放的都是教科书。因为保存得不够仔细，有些已经破损了，因为某些原因，有几页甚至已被撕掉了。书架的下面放的是期刊、报纸和书信，它们和绘画、习作乱堆在一起。

我很想回忆一下当年的情景。它依旧保留在这个房间里，我一下子就感觉到了，四周的墙壁把它保留了下来。我的手放在沙发的扶手上，现在的我身体自由地放松伸展着，翘着双腿，就这样舒服地坐在角落里，坐在沙发的扶手中间。透过敞开的小窗，可以看到街道上各种熟悉的景致，街道尽头处是高耸的教堂塔顶。桌上摆放几枝鲜花。钢笔杆、铅笔、墨水瓶，还有用作镇纸的贝壳——这里的一切都没改变。

如果我幸运，如果战争结束了，我能侥幸尚存，再回来，而且一直生活在这里，那么也一定是这种景致。我也会这样坐在这儿，打量着自己的房间，静静地等待着。

我感到激动，但是我竭力压抑着激动心情，因为这样是不对的。我要再次回到过去那种无忧无虑的心情，那种充满生机和活力的年轻冲动的感觉中去。就像以前我投入到书本中一样。曾经从各式各样的书本中融汇成的渴望的气息，会再次向我袭来，洗刷掉我心头上的忧郁和困惑，再次唤醒对未来的焦虑和思绪中的欢快，把我早已失去的对青春的激情又给我带回来。

我静静地坐着，等待着。

我忽然想到，我应该去克默里希的家里去看看他的母亲，或者去拜访一下米特尔施泰特，他肯定就在营房里。我望着窗外：铺洒着金色的阳光街道后面，是连绵起伏的丘陵，遥远而明亮。转眼间又变成了那个秋季晴朗的一天：我和卡特、阿尔贝特围坐在炉火旁边，吃着连皮烤的土豆。

然而我不愿意想起那些事情，我便把它们从脑中抛开了。我能感觉到这间屋子在控制着我，抓着我，让我明白我是属于这里的人，我要思考，我要明白，当我返回前线的时候：战争已经结束了，它被那激动人心的返乡的人潮给吞没了，它将永远地消逝，远离我们的身体，不会再来啃噬我们，将成为与我们毫无瓜葛的东西，仅仅是外部的力量而已。

书脊一排排并列着。我现在仍然熟悉它们，而且我还记得每本书的位置。我用自己的眼睛强烈地恳求它们：再跟我交谈吧，接纳我吧，与我的年轻的心交融吧！往昔的生活，你接纳我吧！你无忧无虑，你再次收下我吧……

我静静地等着，等待着。

一张张画面掠过去，可是它们稍纵即逝，没有停留下来，它们不过是些影子与回忆。

什么也没有，什么也没有。

我愈发地不安起来。

我心里突然升起一种可怕的陌生感。我已经无路可退，无计可施了；尽管我拼命地请求，用尽全力，可是没人回应我。我垂头丧气、无精打采地坐在那里，像一个被判了刑的罪人，而往昔转身离开了。可我也不敢过多地向它恳求，因为我不知道明天将会发生什么。我是一个士兵，我必须要牢记着这一点。

我感到非常疲倦，于是起身向窗外眺望。然后我从书架上拿了一本书，翻了几页，准备阅读。可是我又把它丢在一边，拿出另一本。里面有些字句，我还画线做了标注。我寻找，翻开书页，又换了另一本。转眼间我的身边已经放了厚厚一堆书。之后又有别的东西堆了上去——报纸、杂志、信件。

我默不作声地站在书堆前面，仿佛站在法官的面前。

丧失了勇气。

词语，词语，词语——它们根本无法和我相通。

我慢慢地把那些书整理好，放回书架原位。一切都过去了。

我悄悄地走出了房间。

我还是没有完全放弃。虽然我不再到我的房间里去，但我仍然安慰着自己，才几天的时间，没必要早早地下定论。我以后——将来——有的是时间，供我再下判断呢。于是我到米特尔施泰特所在的兵营找他，我们坐在他的屋子里，里面有一种令人不愉快的气氛，但我对此已经习惯了。

米特尔施泰特给我讲了一个他很早就得知的新闻，这个消息让我大吃一惊。他对我说，坎托雷克已经被征募去当了战时后备军。他拿出几支名雪茄，说道："你想一下，我从野战医院回来这里，正好就碰到他了。他伸出爪子，声音像鸭子似的嘎嘎叫道：'嗨，米特尔施泰特，你好吗？'——我瞪了他一眼，说道：'战时后备军坎托雷克，请注意分清场合，公是公，私是私，这一点你应该知道得很清楚。跟一位上级军官讲话，应该立正！'——你真应该看看他那张脸！一会儿涨得像没爆炸的炮弹，一会儿又像黄瓜蘸了醋。他迟疑了一下，还想用叙旧来和我套近乎，但是我更加猛烈地训斥了他一顿。他终于受不了，搬出他最厉害的大炮来进攻，他满怀自信地问我：'你是不是想利用我的关系，让你在水平考试中过关？'他想要提醒我这些事情，你知道。我听完火冒三丈，我也提醒他说：'战时后备军坎托雷克，是你在两年前鼓动我们报名参军的，那时有人是不愿去的，他叫约瑟夫·贝姆。但在他正式入伍之前三个月,便阵亡了。如果不是因为你,他至少可以多活很长的时间。现在:解散。我们以后再谈!'我很轻易地就分配到他所属的连队。我做的第一件事,就是带他到储藏室里,给他弄了一套非常合身的军装。待会儿你就可以看到他。"

他带我走到外面的场地上。全连已集合站好了。米特尔施泰特下了稍息口令,开始逐个检查。

这时我看到了坎托雷克,我差点没忍住笑出声来。他穿着一件褪色的蓝军服上衣,背心和袖子布满了一个个大块的深色补丁。这件上衣必定是一个巨人穿的。而他下身的那条破旧的黑裤子又太短了;勉强只到小腿的一半。而脚上套着的那双鞋,他穿着太过宽大,那是一双粗硬的破旧便鞋。鞋尖向上翻起,鞋带歪系在边上。作为补偿的是他的军帽,却又显得太小了,那是一顶又脏又十分简陋的圆桶形平顶帽,他给人总的印象就是一个落难的可怜虫。

米特尔施泰特径直走到他的跟前,停止脚步看着他大声说:"战时后备军坎托雷克,你这样就算把纽扣擦干净了吗?我看你是真的一辈子都学不会了。我说你呀,别整天无所事事了,可得用心啊,坎托雷克,可得用心呀。"

我心里高兴得简直要叫起来了。记得上学时,坎托雷克就总是教训米特尔施泰特,用的就是这样的神情和语气。"别整天无所事事了,可得用心啊,米特尔施泰特,可得用心呀。"

米特尔施泰特接着又指责他说:"你应该多学学人家伯特歇尔,

他现在就是你的榜样，你可以多向他学习。"

我简直难以置信。伯特歇尔，那个以前专门为我们学校看守大门的伯特歇尔也在队伍里面。而他竟然成了别人学习的榜样！坎托雷克愤怒地瞪了我一眼，一副恨不得把我活吞到肚子里的样子。可是我若无其事地冲他淡淡一笑，仿佛我们俩是互不相识的陌生人。

他穿戴着的那身军装和那顶圆桶形的平顶帽，看起来实在太荒唐可笑了！而就是在这样一个人面前，我们曾经诚惶诚恐，那时他高高在上地面对我们这些唯唯诺诺的学生，我们在练习法语不规则动词时出了错，他竟用铅笔戳我们。可这些法语不规则动词，后来我们到了法国一点也没派上用场。那仅仅是两年前的事，然而，此刻站在这里的战时后备军坎托雷克却黯然失色，他弯曲着膝盖，胳膊如同锅柄，纽扣没有擦亮，还有那滑稽可笑的打扮，一个不成体统的士兵。我无法把眼前的光景和讲台后面那个吓人的形象协调在一起，这简直可以说是判若两人。此刻我很想知道，这个可怜的家伙要是突然再问我这个老兵一句"博伊默尔，请你说出 aller[①] 的 imparfait[②]"，我该怎么办。

然后，米特尔施泰特要求他们开始进行散兵操练，作为一种友好的表示，坎托雷克被指定为班长。

---

① 法语：去。
② 法语：未完成过去时。

这里有个特殊的情况。在进行散兵操练时，班长的位置应始终是在那个班队列前二十步的地方；如果发出命令：向后转——齐步走！那么，散兵队列只需要向后转身即可，而班长却突然落后在队伍后面二十步，必须迅速跑步到队伍最前面，让自己重新走到全班前二十步的距离。那么来回他就多跑了四十步。可是他刚刚赶到，马上又发出"向后转——齐步走！"的命令，于是他又不得不赶紧再狂奔四十步路，赶到队伍的另一头。因此，班里队列的人只不过是向后转了个身，多走几步路，而班长却已来回狂奔，像是在窗帘木杆上放的屁一样来回滚动。这一整套方法，是希默尔施托斯的许多拿手好戏之一。

坎托雷克从米特尔施泰特那儿根本指望不到有什么好事，因为曾经有一次他搞掉了米特尔施泰特一个升级的机会，所以在回到前线之前，米特尔施泰特肯定要充分利用这样大好的机会，否则他就是一个大傻瓜了。军队要是给他一次这样的机会，那么这个人说不定死了也会甘心一些。

这时候，坎托雷克像一头受惊的野猪一样，来回奔跑着。过了一会儿，米特尔施泰特结束了散兵操练，接着开始了非常重要的爬行训练。坎托雷克用双手和双膝撑在地面上，按照规定背起了枪，立刻在沙土地上移动着他那漂亮的身影。他喘着粗气，像是在奏乐一样。

米特尔施泰特引用教师坎托雷克说过的话来安慰战时后备军坎

托雷克。"战时后备军坎托雷克,我们有幸生活在一个伟大的时代,这个时候,我们必须鼓起勇气,克服困难。"坎托雷克吐出一块卡在他牙缝里的脏木条,身上流着汗。

米特尔施泰特俯下身子,诚恳地告诫他:"千万不要因为小事忘了伟大的事业,战时后备军坎托雷克!"

这使我很不理解,坎托雷克居然没有暴躁发作,尤其是接下来的体操课上,米特尔施泰特故意去模仿他的样子,当他在单杠引体向上时,米特尔施泰特便一把拽住他的裤裆,这样他的下巴只能刚好高过横木的位置,随即又是一番充满哲理的教导。坎托雷克那时在学校里就是用这方法这样对待他的。

随后又分配其他的勤务:"坎托雷克和伯特歇尔,去运面包!把手推车带去!"

几分钟后,这两个人推着手推车就走了。坎托雷克怨气十足,垂下了头,而那个门卫却兴高采烈,因为这样的勤务非常轻松。

面包厂在城市的另一端,两个人推车来回要穿过整个城市。

"这事他们一块儿做过两三次了,"米特尔施泰特龇着牙得意地笑着,"早就有人等着他们好戏了。"

"你真了不起,"我说,"但是他没有去告你的状吗?"

"当然去过了!但我们的上司听完这个故事之后哈哈大笑。他才没兴趣去管教师的事呢。况且,我正在和他的女儿谈恋爱呢。"

"他会把你的考试搞砸的。"

"我对这个无所谓,"米特尔施泰特若无其事地说,"而且,他申诉也是没有用的,因为我可以证明,给他安排的都是很轻松的勤务。"

"你可以把他管教得稍微改好一些吗?"我说。

"我觉得他太愚蠢了。"米特尔施泰特严肃而又高傲地说道。

休假是什么?——是一次停摆,它只会让之后的一切都变得更加糟糕。离别的感觉已经开始渐渐临近了。我的母亲默默地看着我,她正数着剩下的日子,我知道。每天早晨她总是暗暗地伤心,又少了一天了。她已经把我的背包收起来了,她不想让它来提醒自己。

一个人在沉思的时候,时间便很快地溜走了。我振作起来,和姐姐到肉店去买了几磅排骨。这次是特别优惠,人们一大早就在排队等着购买了。有的人甚至昏倒在地。

我们的运气不好,轮换着排了三个小时之后,队伍自动散掉了。排骨已经卖完了。

好在我领到了一份军粮。我就把它带给我的母亲,这样我们大家总算能吃到一点有营养的东西。

日子一天比一天沉重,我母亲的眼神也越来越哀伤。在这里的时间只剩下四天了。我必须去看望一下克默里希的母亲。

我没法把这件事写下来。这个抽泣着、颤抖着双手的女人，不停地摇晃着我，向我哭诉道："为什么你还好好活着，而他却死了！"她泪如雨下，呼喊着对我说："为什么你们都在那里，孩子，你们怎么……"她有气无力地跌坐在一张长椅上，痛哭着问道，"孩子，你见到他了吗？当时你在吗？他是怎么死的？"

我告诉她，他的心脏被击中，当场就死了。她直直盯着我，表示怀疑："你撒谎。我知道得很清楚。我早就感觉到他死时的痛苦了。晚上，我已经听见他的哭泣和煎熬，感觉到了他的恐惧。请把实情讲给我听，告诉我真相吧。"

"不，"我说，"当时，我就在他旁边，他是一下子就死去的。"

她轻声地哀求我："告诉我，你一定得告诉我。我知道，你这样说是为了安慰我，但是你难道不知道，你这样不告诉我实情，我反而会更加痛苦吗？我真的忍受不了这种捉摸不清的情况，你就告诉我究竟是怎么回事，哪怕很惨也没事。这样做总比让我自己去瞎想要好一些。"

我永远不会告诉她，就算她把我剁成肉泥，我也不会告诉她的。我同情她，但是我觉得她已有些失去理智了。其实，她应该想开一点才是，克默里希终归是死了，她知不知道又能怎样呢。一个人目睹了太多的死亡之后，就再也理解不了，为什么对一个人的死会如此悲伤。因此我有些不耐烦地说："他就是一下子死去了，他根本没有感觉到什么，他的脸十分平静。"

她沉默了，随后她慢腾腾地说："你愿意发誓吗？"

"当然。"

"向你最神圣的事物发誓吗？"

天啊，对于我来说有什么是最神圣的呢？对于我们来说，一切事物变化得太快了。

"我肯定，他就是一下子死了。"

"如果这不是实情，你自己愿意不再回来吗？"

"如果他不是立刻死去的，我愿意永不回来。"

我可以对任何事情发誓。但她似乎相信了我的话。她那歇斯底里的哭喊声和难以自控的悲叹声又持续了很久，她要我讲述当时的情形，我就编造了一个故事，就连我自己都信以为真了。

临别时，她吻了吻我，并给了我一张克默里希的照片。照片上他穿着一身崭新的军服，靠在一张圆桌旁，桌脚是用没劈开的桦树干做的。他的身后是一片作为背景的树林，桌子上摆放着一杯啤酒。

这是在家度过的最后一个夜晚。大家都沉默不语。我早早地就上了床，抓起枕头，紧紧地将它压住，把头埋在里面。谁知道日后我还能不能再睡在这张铺着鸭绒垫子的床上！

夜里很晚的时候母亲还到我的房间里来。她以为我睡熟了，而我也假装睡着的样子。如果两个人都醒着，就要说话，那可太困难了。

尽管她处在病痛之中，常常弯着身子，可她还是差不多坐到了天亮。我终于忍不住了，假装睡醒了。

"妈妈，回去睡觉吧，你这样当心受凉。"

她说："没事，以后我有的是睡觉时间。"

我坐了起来："这次我不用马上去前线，妈妈。我还要在野外训练营待四个星期。或者趁某个星期天我还会回来呢。"

她沉默了一会儿，然后轻声地问道："你很害怕吗？"

"不，不怕，妈妈。"

"我早就想告诉你，千万得小心提防着法国女人，她们可不安好心。"

啊，母亲，我最亲爱的母亲呀！在你眼里我永远是个孩子呀，为什么我不能把头伏在你的膝盖上，痛哭一场呢？为什么我一定要使自己始终坚强沉着呢？我何尝不想痛痛快快地哭一场，得到一些安慰，其实我也比一个孩子大不了多少，衣柜里还挂着我那短小的童装，那也只是不久前的事，而这一切为什么都结束了呢？

我努力克制着自己，平静地说："妈妈，我们驻守的地方根本见不到女人。"

"上了战场，要特别小心啊，保罗。"

啊，母亲，我最亲爱的母亲呀！为什么我不能拥抱着你，跟你一起死掉呢。我们都是怎样的可怜虫啊！

"好的，妈妈，我一定会小心的。"

"我每天都会为你祷告的，保罗。"

啊，母亲，我最亲爱的母亲呀！让我们站起来，离开这里，穿过逝去的时光，回到我们朝夕相处的岁月里，那时我们不再饱尝这些苦难了，就在那个只有你和我的地方，母亲！

"也许你可以去找到一个不太危险的差事。"

"是的，妈妈，也许我可以试着往伙房里调动一下，那大概是可以办到的。"

"那你就试试吧，如果被人家议论的话……"

"我一点都不在意的，妈妈。"

她叹了一口气。她的脸在夜色中闪出一束白光。

"妈妈，你该去休息了。"

她没有说话。我便起身把我的被子给她披上。她靠着我的胳膊，身上开始作痛了。于是我赶紧扶着她回自己的房间里去。我还在她那儿陪她坐了一会儿："妈妈，等我再回来的时候，你一定要恢复健康。"

"好的，好的，我的孩子。"

"妈妈，你们以后别再给我邮寄东西了。我们在前线吃的东西多着呢。你们这里更需要这些东西。"

她躺在床上样子是那么可怜，她对我的爱胜过了一切。当我正要轻轻走开时，她又急急忙忙地说："我还给你买了两条衬裤，全都是羊毛的，穿起来挺保暖的，你千万别忘了把它们放到你背包里。"

啊，母亲，我知道。为了这两条衬裤，你曾耗费多少心血去等待、去奔走、去乞求啊！啊，母亲，我最亲爱的母亲啊！如今我却不得不离你而去了，多么让人难以理解啊！除了你，还有谁有对我提出那么多要求的权力？此刻我坐在这里，而你躺在那里，我们心中有千言万语要说，但是我们永远也说不出来啊。

"晚安，妈妈。"

"晚安，我的孩子。"

房间里黑漆漆的。不时传来我母亲的咳喘声。钟表不停地发出嘀嗒嘀嗒的声音。风在窗外吹着，栗树沙沙作响。

在楼梯过道上，我被自己的背包绊了一下，这个背包我早已经整理好了，因为明天一大早它将随我一起离开。

我咬着枕头，双手紧紧地抓住床的铁栏杆。我真后悔回家休假。在前方，我对一切都无所谓，不去幻想，而且对一切都不抱有希望和期盼；而今后，我再也办不到了。我本来是个士兵，可是现在我什么都不是，只是一个为母亲、为自己、为永无止境的绝望而痛苦挣扎的人。

我真的不该回家休假。

第八章

野外营房驻扎的这种临时帐篷我早就熟悉了。就是在这里，希默尔施托斯曾教训过恰登。而除了这一点，这里的人我几乎都不认识，跟往常一样，一切都变了。只有偶尔那么几个人，是似曾相识的。

我每天机械地完成日常的勤务工作。一到晚上，我都会到军人俱乐部里去，那里摆放着许多杂志，但我是不看的。主要是那里有一架钢琴，我很喜欢去那里弹琴。有两个姑娘负责看管，而且其中一个很年轻。

营地周围用带刺的铁丝网围得很高。如果我们从军人俱乐部回来晚了，就必须出示通行证。但是那些与值岗的岗哨认识的人当然可以随时出入。

在荒地上的那些刺柏和桦树林中，我们每天都进行连队操练。如果没有什么过多奢望的话，那还是可以忍受的。大家跑步行进，卧倒时，呼吸的气息吹得荒原的花草摇摇晃晃。脸贴近地面观看，那些无数微小的白细沙，是由更微小的卵石聚集而成的。这种事情非常罕见，人们被它吸引着，都把手深深插到了里面。

而最为漂亮的，要数那边栽着的一片片桦树林了。它们的色彩像调色板一样，每时每刻都在交错变幻。这一刻，树干先是纯洁的白色，而上面飘动着的是轻柔的墨绿色树叶；过了一会儿，一切都抹上了一层带有蛋白石光泽的蓝色，这种蓝色是从树林的边缘随微风掠过来的，它呈现出银色，把绿色给抹去了。但是，其后的一朵浮云挡住了阳光，某一处地方加深了颜色，一切几乎都成了黑色。但这片阴影像个幽灵似的一下子就从树干间穿过了，飘过荒原，缓缓地飞向天际，那些桦树又重见天日，像飘动在白旗杆上的节日彩旗。树上还挂着被秋风点染而成的血红或金黄色的叶片。

我总是沉溺于那柔和的阳光和透明的阴影中，过于聚精会神以致差点没听见口令。一个人只有在孤独和寂寞时，才会懂得领略大自然的美好，热爱大自然。我在这儿很少与人交往，也不愿意和别人超过一般交往的程度。大家彼此之间接触得不多，最多闲聊几句废话而已，晚上打打纸牌、掷掷骰子也就可以了。

在我们营棚的旁边，有一所很大的俄国战俘营。尽管战俘营和我们之间隔着一道铁丝网，但那些俘虏仍能走到我们这边来。他们的样子既谨慎又害怕，大多数人都是留着大胡子，虎背熊腰的，即便如此，也像是被驯服的、温顺的雪山救生犬。

他们偷偷地溜进我们营棚这边，翻捡着厨房垃圾桶里的东西。人们可以想象得出来，他们想找些什么。我们的伙食数量很少，质量又特别糟糕，一根萝卜要切成六块放在水里煮，连胡萝卜茎都是肮脏的，有些发霉的土豆已经是不错的佳肴了，而最高级的食物就是那稀薄的米汤，里面还漂着些细碎的牛肉。但是这些牛肉切得实在太小，太难找到了。

尽管如此，每一样东西都会被吃得干干净净。如果确实有个别的人吃不完自己的那份，那么周围就会有十多个人站在那儿，他们随时准备助人为乐的。只有用长柄勺子都舀不到的剩渣，才被冲洗掉，倒在厨房的垃圾桶里。有时一起倒掉的，也有腐烂变质的萝卜皮、发霉了的面包块和各种各样的垃圾。

这些脏乱、腐臭的脏水就是那些俘虏非常急切地想要搜寻的目标。他们贪婪地从那腐烂发臭的垃圾桶里掏出这些东西，藏在他们的制服里就溜走了。

能离得这么近看到我们的敌人，真是太奇怪了。他们的脸令人深思，都是老实厚道的农民的面孔，宽额头、高厚的鼻子、大嘴唇、粗糙的双手，以及浓密的头发。其实更应该让他们去耕田、种植和采摘果实。他们的模样看起来比我们弗里斯兰的农民还要善良朴实。

看着他们的动作，看着他们低三下四地乞讨吃的东西，让人有些于心不忍。他们每个人都相当虚弱，因为他们得到的那点食物，只能让他们免于饿死。就连我们自己也早已经吃不饱了。他们得了痢疾，有人带着惊恐的目光，悄悄拉出他们沾着血水的衬衣角给别人看。他们都站不直，他们的背部、脖子、膝盖都是弯曲着的，他们的脑袋朝地面低垂着，当他们伸出干枯的双手，说着仅会的几句德语向人乞讨时，就会歪着头，样子十分可怜。他们乞讨着，用那种深沉、怯懦的低音，听了让人想起家里暖和的火炉和舒适的小屋。

有些人会踢他们一脚，他们就跌倒了。但是这样的人是很少数的，一般遇到他们这样子，多数人都若无其事地走开，并不会去理睬他们。不过，当他们显得过于卑微下贱，看着叫人冒火时，就会有人发起怒来踢他们一脚。只要他们不这样看着人家就好了。两个这么小的地方，用一个拇指就可以捂住，而在他们的那双眼睛里，却隐藏着无数的苦涩与酸楚。

晚上，他们会到营棚这边来做交易。他们拿自己拥有的一切实物换取面包。而且进行得都很顺利，因为他们的长筒靴很好，而我们脚上的靴子极其劣质。他们那高及膝盖的长筒靴的皮软得出奇，非常舒服。我们中间有些农民子弟，收到家里寄来的可口的食物，便可以拿来与他们交易。一双长筒靴的代价，通常需要两到三块军粮面包，或一块面包外加一条又细又硬的瘦肉香肠。

但是，大多数的俄国人早已把他们所拥有的东西都拿出来换掉了。现在他们衣衫褴褛，于是他们想用弹片和子弹壳做成的小雕刻和其他物品来做交换。尽管他们花了很多心思，但是这些东西并不受我们的欢迎，这些东西最多也只能换一两片面包罢了。我们这边的农民做买卖，既倔强又狡猾。他们拿着面包或者香肠伸到那些俄国人的鼻子下面,把那人馋得直流口水,脸色惨白,于是他便愿意把好东西都拿来做交换了。他们用东西把战利品包好,拿出一柄厚厚的小刀,慢条斯理地从存粮中切下一片面包,每吃一口,还要从又硬又好的香肠上切下一小块,就这样饱餐一顿,作为对自己的犒劳。看着他们吃那顿午后点心,感觉很不舒服,真想狠狠地往他们厚厚的脑壳上敲两下。他们很少会送给别人一些东西。我们之间了解得太少了。

我常被指派去看守那些俄国人。在黑暗中,可以看到的身子在移动着,好像是一些生病的鹳鸟,又像是巨大的飞鸟。他们总是走近铁丝网旁边,把脸贴在上面,用手指吊住铁丝的网眼。他们时常都是许多人并排站成一排,享受着荒地上和树林里吹来的风。

他们很少说话,即使说话,也只是三言两语。我觉得他们之间相处得要比我们这边更为融洽,更加友爱。可是,那也许是因为他们自己觉得要比我们更加不幸罢了。反正不管怎么说,战争对他们来说已经结束了。不过等着染上痢疾,这也算不上什么有意思的生活。

听看守过他们的战时后备军说,刚来的那阵他们也挺活跃的。他们相互之间打架争斗,抡拳头、动刀子的纠纷也时常发生。而现在,他们都变得迟缓漠然了,他们中的大多数人都不再手淫了,他们是那样的疲软而孱弱,如果情况不是那么糟糕的话,他们整个营房的人都会做那样的事。

他们紧挨站在铁丝网后面。有时一个人走开了，另一个人就会很快补上来。他们绝大多数人都一声不吭，偶尔有个别人会乞讨一支纸烟的烟头。

我看到他们在黑暗中的身影。他们杂乱的胡须在晚风中飘动。我一点也不了解他们，只知道他们是一群战俘，而这也正是令我兴奋不已的事情。他们这一生平平淡淡，清白无辜。要是我能多了解他们的一些情况，知道他们的姓名、他们的过去、他们有什么心愿、有什么苦恼，那么我的感情可能就会有一个目标，会去可怜同情他们。而此刻，在他们的后面，我只感到了众生的苦难、人生的无比忧郁和人与人之间的冷漠残酷。

一道命令之后，这些沉默无言的身影就变成了我们的敌人；一道命令也可能让他们成为我们的朋友。在某一张桌子上，有几个我们彼此之间都互不认识的人，拿笔签署了一份文件，于是多少年来，我们过去所认为的全世界最卑鄙的手段和最严惩的罪恶，却成为我们的最高目标。但是当一个人看着那些满脸稚气、蓄着信徒式胡须的默不作声的面孔，谁又能区分是敌是友呢？在新兵眼中的每个军士，在学生眼中的每个高级教师，都是最凶恶的敌人，但他们这些俄国人在我看来却不那么凶恶。然而他们一旦重返自由，我们之间又会成为敌人，又会将枪口再次瞄向对方。

我感到恐慌，我不敢再联想下去了。这样想下去几乎要陷到迷途中去。虽然现在还不至于如此，但是我没有抛弃这些想法，我想把它留在记忆里,把它锁着藏起来,一直到战争结束。我的心激动不已:这难道就是那个目标,那个唯一的伟大目标?是我在战壕时所思考过的,也是在一切任性经历了战场洗礼之后所残存下来的生物追求的那种伟大目标吗?这难道就是不辜负岁月流逝而必须完成的一项任务吗?

我掏出自己的香烟,每一支分成两段,分给俄国人。他们感激地向我鞠了一躬,随即把烟点燃了。现在,他们每个人的脸上都闪烁着红色的光点。这使我稍稍得到了安慰。看上去仿佛夜幕中的农村房屋的小小一扇窗户,它们显示出后面充满了一间间安宁的屋子。

日子一天天地过去。在一个迷雾天的早晨,又有一个死去的俄国人被埋掉了,他们现在几乎每天都会有人死亡。当那个俄国人被埋葬时,我刚好在站岗。那些俘虏唱了一首赞美诗,他们分好几个声部合唱,但听起来完全不像歌声,倒像远处旷野中一架风琴传来的声响。

葬礼很快就结束了。

夜里,他们又静静地在铁丝网前站立着,风从桦树林中向他们吹过来。天上布满了寒星。

我现在认识了几个稍微懂一点点德语的俄国人。其中有一个是音乐家,他说自己曾在柏林当过小提琴手。当他得知我会弹奏钢琴后,就取出了他的小提琴,并且演奏了起来。周围其他人便坐下,背靠着铁丝网。他站在那里尽情地演奏，不时闭着眼睛表现出小提琴手那种忘了自己和周围一切的神情，好像全然沉浸在美妙的琴声中了，随后他又有节奏地摆动他的乐器，友好地冲我微笑。

他演奏的大多是俄罗斯民歌，其他的人随着琴声一起哼唱。哼唱声仿佛是从很深的地下传出的，而他们就像是一片黑压压的丘陵。小提琴演奏的乐声就像一个羞答答的少女，既清脆又孤单。哼唱停止了，小提琴继续在演奏着。在夜晚，它显得那么单薄乏力，听起来像是被冻结住了；人们必须紧靠着站在旁边，要是在室内演奏的话就会好很多了。在这里，它孤独忧郁地迷失在外面，使人们感到忧伤。

因为我休过一次长假，所以之后的星期天就不允许回家休息了。在我返回前线的最后一个星期天，我的父亲带着姐姐一块儿来看我。那天，我们一直都坐在军人俱乐部里聊天。我们讨厌待在营棚里，还能去哪里呢？午后，我们又去野地里散了一会儿步。

这几个小时可真难熬，我们都不知道该聊点什么。于是我们就谈起母亲的病情。现在她已经被确诊是得了癌症，已经住进了医院，而且很快就要动手术了。医生都说希望她康复起来，但是我们还没有听说过癌症治愈的病例。

"她现在在哪儿？"我问道。

"在路易丝医院里。"父亲答道。

"住在几等病房？"

"三等。我们要等到了解手术费需要多少以后再说。而且是她自己要住在三等病房的，她说在那里有同室的病人可以说说话。而且收费也便宜一些。"

"那么她是和得一样病的人住在一起了。不过只要她能休息好就可以了。"

我父亲点头说是。他神色显得很疲倦苍老，脸上布满了皱纹。我母亲长期患病。虽然母亲只有在万不得已的时候才会答应住院，但花销也已经够多了，我父亲的一生实际上都耗在这个上面了。

"要是知道手术费是多少就好了。"他说道。

"你们没有去问一下吗？"

"没有直接问过，我不能直接问。很冒失地向医生那样提问，他会觉得唐突的，那样是不行的，无论怎样还是要靠他给你妈妈做手术啊。"

是啊，我悲哀地想着，对我们，对所有穷人来说，注定就是这样。他们不敢去问价钱，却整日为此心神不宁。但是其他人呢，他们本来就不在乎，也不需要问的，却认为应该先把价钱讲定了。而医生也并不会觉得他们唐突。

"手术完成以后的包扎费用也是很高的。"父亲无奈地说。

"难道医疗保险机构就没有一点补助金吗？"我问道。

"你妈妈的病拖得太久了。"

"那你现在有没有积蓄？"

他摇摇头说道："没有啊！但是我现在可以加班加点，多干点活。"

我知道，他会利用所有的时间，站在桌子旁不停地折叠、黏贴、裁剪，一直做到深夜。晚上八点，他会吃点用票证换来的干巴巴的东西。再服一些治疗头痛的药粉，然后继续干活。

为让他稍稍高兴一些，我给他讲了一些刚好想起的故事，士兵们说的一些笑话，以及关于将军、上士之类的事情。

后来，我把他们两个人送上火车。临走时，父亲和姐姐给了我一瓶果酱和母亲为我做的一包土豆煎饼。

他们乘车回去了，我一个人茫然若失地回到营棚。

当天夜里，我就把母亲做的煎饼涂上果酱，吃了起来。不过我吃着总觉得味道并不好。于是我走了出去，想把煎饼送给那几个俄国人吃。但我突然想到，这些东西是我母亲亲自做的，当她站在火热的炉子前时，可能还强忍着病痛。想到这里，我把那包吃的放进背包里，只从里面拿了两块煎饼给俄国人。

第九章

我们连续走了好几天。天空中出现了第一批飞机。我们从运输车队旁边经过时，看见它们运的全是大炮。我们一起搭上了一辆军车。我寻找着我的部队。谁也不知道它究竟在什么地方。我只好到处寻找，找到什么地方，就住在什么地方。第二天早晨我就在那里领一些干粮，得到几句模棱两可的回答。于是我背着自己的背包和步枪，继续上路。当我赶到的时候，他们已经不在那处被炸毁的地方了。我听别人说我们的部队已经被改编成一支突击师了，哪里情况紧急，就被派往哪里。这事情我听了一点也不高兴。他们还告诉我，我们的部队已经惨遭重大损失。我打听着卡特和阿尔贝特的消息，没有人知道关于他们的任何消息。

我继续寻找，四下乱闯。连续多少个日日夜夜，我露宿在外面，像个印第安人。后来我获得了一个准确的信息，当天下午便可以去连队办公室报到了。

有个上士要我先暂时住下，连队两天之内就会返回，现在派我出去也是没什么用。"休假过得怎样？"他问，"不错吧，对吗？"。

"有一段还行。"我回答他。

"是的,是的,"他长叹一声说,"如果能一直在家待着不必再回来就好了。假期的后半段日子,往往是因为这些变得糟糕了。"

我一个人到处闲逛,直到那一天早晨连队返回时,他们一个个面色阴沉,一身尘土,无精打采,而且很忧郁。我立刻一跃而起,挤到他们中间,我的眼睛在挨个儿寻找,我看见了那里是恰登,接着是正在喘气的米勒,卡特和克罗普也在那里。我们先把草垫并排铺齐。当我看着他们的时候,我感到有几分内疚,但我也说不出原因。睡觉前,我把背包里剩下的土豆煎饼和果酱拿给他们吃,让他们每个人都尝一些。

放在靠外边的两块煎饼已经有些发霉了,不过还是可以吃的。我把这两块留给自己,挑了新鲜的递给卡特和克罗普。

卡特嘴里嚼着,问道:"这些东西是你母亲给你做的吧?"

我点头说是。

"挺好吃的,"卡特又说,"我吃第一口就吃出味道来了。"

我差点流出了泪水。我再也克制不住自己了。可是现在我又和老朋友卡特、阿尔贝特在一起了,很快一切都会好起来的。这才是属于我的地方。

"你运气真好,"临睡前,克罗普凑上来低声对我说,"听说,我们很快就要到俄国那边去了。"

到俄国那边去。那里实际上已经没有什么战争了。

远处,滚动的轰炸声从前线那边响起。整个营棚的墙壁都跟着颤动。

我们做了大规模的清洁卫生整修。我们每一处都受到了检查。稍有损坏的衣服，统统都给换上新的。我从中还白捡了一件非常合身的崭新上衣，卡特甚至还搞到了一套崭新的军服。到处正流传着很快就要和平的谣言，不过另一个消息的可能性更大：那就是我们要到俄国去了。但是，去俄国把我们所有的东西都换成新的干吗呢？到后来，更确切的消息传来：德国皇帝要亲临我们这里来巡视。难怪检查一次接着一次。

整整八天，我们仿佛又过上了新兵营的生活，所以才有这么多的无谓的活动和训练。所有的人都显得暴躁易怒，我们对大量的清洁检查已经非常厌恶了，更别说现在还要重新搞那种分列前进的阅兵式训练，这些事情比上前线更叫我们恼火。

那个时刻终于来了！我们整齐地站着，迎接皇帝的驾到。大家都满心好奇，都想亲眼看看皇帝的外貌是什么样子。他在队列中昂首挺胸地向前走过去，但我实在是大失所望：从照片上看来，我想象中的他比现在的样子更雄伟和高大，而且更重要的是还有雷鸣般的洪亮嗓音。

他颁发了铁十字勋章，和这个人说几句，又和那个人说几句。然后我们齐步离开了。

后来大家都纷纷议论起来。恰登吃惊地说："这就是尊敬的皇帝陛下。在他面前，任何人都要恭恭敬敬地立正站好，毫无例外！"他沉思道，"就连兴登堡本人，也得在他面前立正，不是吗？"

"自然如此。"卡特证实地说道。

恰登还没有说完，他想了一会儿，接着又问道："一个国王是不是也要在一个皇帝面前立正站好呢？"

关于这一点，大家都不太确定，但我们觉得不应该那样的。他们两个人的地位都那么高，应该不会强迫对方在自己面前以立正姿势站着吧。

"你到底在瞎说些什么呀。"卡特冲他说，"关键的一点是，你自己必须要立正站好。"

但是恰登仿佛着了魔，陷入其中不能自拔，他那满脑子平淡枯燥的幻想又开始活络起来了。

"可是你看，"他大声叫喊着，"我简直无法相信，尊贵的皇帝也跟我们一样要上厕所。"

"这个你尽管相信就好了。"克罗普笑着说。

"疯子加三等于七，"卡特对他说，"你的脑袋里面进了虱子，知道吗恰登，你自己先到厕所里去，把你的脑子弄弄干净，别再像个穿尿布的婴儿那样讲话了。"

恰登一溜烟不见了。

"但是我很想知道一件事，要是皇帝一声令下，咱们这仗是不是就不用打了？"阿尔贝特问道。

"我相信仗肯定还会打的,"我接过他的话,"听说一开始他就不赞成打仗。"

"可要是不止他一个人,而是世界上也许有那么二三十个人也都起来反对打仗呢?"

"我想那可能就行了。"我表示同意,"但问题是他们都赞成打仗。"

"这样的事,想想就让人奇怪了。"克罗普又继续说,"我们来这里打仗,是为了保家卫国。但是他们法国士兵,也同样是为了保家卫国。那究竟谁对谁错呢?"

"可能两边都对吧。"我说,但我自己并不相信。

"好吧,就算如此,"阿尔贝特一副追根究底的样子,我知道他是想要把我逼入困境,"可是咱们那些教授、牧师、新闻报纸都只认为我们是对的,我们心里期望的也是那样;但是法国那边的教授、牧师、新闻报纸又说他们是对的,你说这又该怎样解释呢?"

"这我不知道,"我回答,"但别忘了,不管怎么说,战争还是在继续,而且参战的国家每个月都在增加。"

恰登又出现了。他仍然兴奋不已,立即加入我们的谈话,他想知道一场战争究竟是怎么发生的。

"大多数情况,都是一个国家严重侵犯了另一个国家引起的。"阿尔贝特有点得意地说道。

然后恰登假装莫名其妙的样子说:"你说一个国家?这我可无

法理解了。德国的一座山是不可能去侵占法国的一座山。或者说河流、树林、田野这些，都不可能去侵犯人家的。"

"你是真的糊涂，还是故意戏弄我？"克罗普低声埋怨道，"我的话根本不是那个意思。我是说一个民族侵犯了另一个民族……"

"那么我在这里就没有什么可做的了，"恰登回答道，"我并没觉得有人侵犯了我什么。"

"那就让我来跟你说吧，这些事根本不是由你这样的乡巴佬说了算的。"阿尔贝特态度生硬地说。

"这么说，我现在就可以回家了。"恰登坚持地说道，我们听着都笑了。

"啊呀，你这个人啊，民族指的是一个大集体，就是我们整个国家……"米勒解释说。

"国家，国家，"恰登掰动着手指关节，"宪兵、警察、税款，那就是你们心目中的国家。如果你们说的就是这些东西，那我就无话可说了！"

"没错，"卡特终于发言了。"你终于说对了，恰登。国家和我们的故乡，两者是有差别的。"

"但是它们又紧密相连的，"克罗普强调自己的观点，"没有国家，就不会有故乡存在。"

"你说得很对，但是你多去想一下，我们都只不过是一些普通人。而在法国，大部分也都是一些工人、手工业者和小职员。可是，为什么一个法国的钳工或者鞋匠一定要攻打我们呢？不，那只是统治者的意思罢了。在来这里之前，我从未见过一个法国人，而法国人大多数也一个样，从没见过我们。和我们一样，没有人会去询问他们关于战争的看法。"

"那战争到底是为了什么呢？"恰登问道。

"一定有一些人，能从战争中谋取好处。"卡特伸了伸腰说道。

"好吧，我可没有得到任何好处，我不是那些人。"恰登咧着大嘴笑道。

"你不是，我们这儿任何一个都不是。"

"那么，他们到底是谁呢？"恰登迫不及待地追问道，"这对皇帝也没有好处。他所需要的东西一样都不缺。"

"这也难说，"卡特回答道，"他上任以来，还不曾有过一次战争。而历史上每一位有成就的皇帝都需要一场大仗，否则就不能名垂千古。你们去翻翻看学校的课本吧。"

"那些将军元帅也是通过战争才声名远扬的。"德特林说。

"甚至比皇帝名气还要大。"卡特证实道。

"背后肯定有一些人，想通过战争发财。"德特林小声嘀咕道。

"我觉得这更像是发烧，"阿尔贝特说，"本来没有什么人需要它，可它突然就来了。我们也都不需要战争，别人也是一样想的——可是，半个世界已经被卷进去了。"

"但是法国人那边撒的谎，比我们还要更多，"我反驳说，"你们想一想俘虏身上带的传单吧,那上面居然说我们吃比利时的小孩。出主意写这些的人,更应该被送上绞刑架,他们才是真正的罪人。"

米勒站起身说:"不管怎么说,在这儿打仗,总比在德国打仗要好。你们只要看看战场里那些杂乱的弹坑。"

"说得对,"连恰登也表示赞同,"可要是不打仗,那不是更好吗?"

他很自豪,因为他终于说服了我们这些应征士兵。况且他的观点在这里确实很典型,人们可以经常听到这种说法,也无法进行反驳,因为对于许多其他影响因素,了解的确实太有限了。军人所特有的民族情感就在于:他来到这个地方。而这正也是这种情感终结的原因,此外的一切就只能从实际角度来做出评价了。

阿尔贝特气愤地往草地上一躺:"别再提这些无聊的事了。"

"说了也不可能有什么改变。"卡特也跟着说。

更糟糕的是,我们必须把那些新发的衣物全都上交回去,而把原来穿的破烂重新领回来。那些好东西只不过是为了检阅而暂时配发的。

我们没有去俄国,而是重新上了前线。沿途我们穿过一片被毁得支离破碎的树林,树干被折断,到处都是被炸开的土地。有好几处地段,还有巨大的窟窿。"好厉害,是被什么东西打成这个样子的?"我问卡特。

"是迫击炮打的。"卡特说,随后用手向上面指去。

那些树枝上吊挂着好几具尸体。有一个士兵赤裸着身子,蹲在一根粗大的树杈上,头上还戴着一顶钢盔,要不然他就是一丝不挂了。坐在那上面的是他半个肢体,那是他的上半身,而他的双腿已经不见了。

"这是发生了什么?"我问。

"他的衣服被炸掉了。"恰登小声嘀咕着说道。

卡特说:"说来奇怪,我们已经不止一次遇到这种情形了。如果是迫击炮打中的,那它确实会在命中后把你的衣物炸得粉碎。这是气浪冲击造成的。"

我环顾四周,继续搜寻,情况正如他所说的那样。这里挂着一片片被撕碎的军服,另外一个地方粘着一块块血淋淋的碎肉,这些原先都是人的四肢。那边有一具尸体横躺着,他的一条腿上还贴着一片衬裤,脖子上围着军服上衣的领子。要不然他就是一丝不挂了,其余的衣服都挂到周围树上去了。两条胳膊都不见了,就像是被拉扯着拔出来的。其中一条胳膊被甩到二十步远的一个灌木丛中去了。

那具尸体脸部朝地伏在那里。胳膊受伤的地方渗流出了血水,把旁边的泥土都染成了黑色。脚下的树叶被弄得很散乱,好像那人的双腿曾经踢过似的。

"这可是动真格的,卡特。"我说。

"炮弹弹片戳穿肚皮也不是开玩笑的。"他答道,同时耸了耸肩。

"心肠不能变软了呀。"恰登说。

距所有这些事情发生的时间不会太久,因为血都还是鲜红的。我们看到那里所有人都死掉了,也就不必再浪费时间了,于是赶快把这个情况报告给附近的一个医疗站。把抬担架的工作抢过来,那毕竟不是我们分内的事。

必须派出一个巡逻队出去侦察敌人的前沿阵地还有多远。我因为刚休假回来,对大家怀有一种特殊的感情,所以主动报名和他们一起去。大家一块儿商量好一个方案,便从铁丝网悄悄地溜出去,然后大家分散,各自向前爬行着。过了一会儿,我发现一个比较浅的弹坑,便缓缓滑了进去。我从这里小心地向前面窥视着。

这个地带有中等的机关枪射击。子弹从四面八方扫射过来,虽然并不算猛烈,但还是使人无法直起身来。

一颗照明弹在上空爆炸。大地僵硬地躺在惨白的亮光里。但很快,黑暗又笼罩下来,周围比先前更黑了。在战壕里,曾听人说过,前边有黑人部队。这可真麻烦,我们很难看清楚他们,他们容易隐蔽,而且他们又很善于侦察。不过也很奇怪,有些时候他们又很愚蠢。不只是卡特,还有克罗普,都曾在巡逻时消灭过敌军的黑人巡逻队，因为那些家伙在行进途中居然烟瘾发作，抽起烟来。卡特和克罗普只要对准发光的烟头开枪就行了。

一颗炸弹在离我不远的地方落下。刚开始我没听到它飞过来的声音，因此吓了一跳。在这一瞬间，一种不由自主的惊恐攫住了我。我在这儿孤独一人，在这一片黑暗中我几乎束手无策。也许早已有另一双眼睛在另一个弹坑中注视了我很久，一颗手榴弹已经做好了随时向我抛来的准备，要把我炸得粉身碎骨。我努力振奋起精神。这并不是我第一次接受巡逻任务，而眼下的情况并不是特别危险的一次。但这是我休假归队后的第一次巡逻，更何况我对这一带的环境相当陌生。

我对自己说，我的不安和惊恐是毫无意义的，在夜幕中很可能并没有什么人窥视着我，否则，他们的射击也不会飞得这么低了。

这样的自我安慰是徒劳的。在一片混乱中，各种情形和想法在我的脑子里像炸开锅一样：母亲临别前告诫的话又在耳边回响，我看到留着飘逸的胡须的俄国俘虏靠在铁丝网栅上，营房食堂摆放的安乐椅和瓦朗西纳那家电影院都清晰地浮现在我眼前；我心中充满了惊恐和痛苦，在想象中有一支步枪的灰暗、无情的枪口，还在不停地跟随我的脑袋来回挪移。汗水已经从我每一个毛孔里渗了出来。

我仍然伏在那个浅浅的弹坑里隐蔽着。我看了看时间，才过去几分钟。我的额头已经冒出汗来，眼窝处潮湿了，两只手轻轻地颤抖着，轻轻地喘着气。这不是别的，而是一种本能的表现，一种简单的兽类共有的恐惧，就是害怕探出头去，怕再向前继续爬进。

我所有的努力都像米汤一样凝固成一个愿望，就是只求一直躺在那里。我的四肢紧贴在地面上，我想做一次尝试，却没能实现，它们根本没法松开。我干脆把身体和地面连在一起了，我没法前进，便打定主意躺在这里。

可是有一股浪潮又立刻涌向了我，那是一种由惭愧、懊悔以及安全感混合而成的感觉。于是我把身子稍稍抬起，向周围眺望。那样凝视着黑暗，我的眼睛感到灼痛。一颗照明弹往上空蹿去，我又把身子紧贴到地面。

我进行着一场混乱的、毫无意义的战斗，我要从浅坑里出来，但是又滑了回去。我说："你一定要出去，那都是你的战友、伙伴，并不是什么愚蠢的命令。"但转念我又说，"那和我有什么关系？我只有这一条命可以葬送……"

这一切都是休假造成的，我愤怒地为自己开脱责任。但我始终无法让自己相信，我变得怯懦柔弱了，我小心翼翼地抬起身体，把两臂向前伸展，后面拖着身体，于是我一半身子在弹坑里头，另一半在外面。

这时，我听到一阵响声传过来，赶紧往后缩。虽然有炮火的轰炸声，我还是从里面听到了其他可疑的声响。我仔细听着，那声响好像是从我后面传来的。那是我们的人在战壕里来回走动的声音。

这会儿我听到低沉的嗓音。根据语气判断，说话的人应该是卡特。

一股强烈的暖流瞬间涌入我的全身。这些嗓音，那几句传来的轻声，以及在我后面战壕里来回走动的脚步声，猛一下把我从濒临绝望的恐惧中救了出来。对我来说，这些东西比我的生命更重要，这些声音，他们比母爱和恐惧更有意义，它们是最强大、最能安抚人心的东西：它们是伙伴的声音。

我不再是孤单无助地在黑暗中瑟瑟发抖的生物了，我属于他们，他们也同样属于我，我们在这纷乱的世界里有相同的恐惧和忧虑，我们已被不由自主地联系在了一起。我能紧紧地把脸深埋在他们中间，沉浸这些嗓音里，沉浸在这些曾经拯救过我并且还将继续帮助我的话语之中。

我小心翼翼地从弹坑边滑出去，像蛇一样蜿蜒地爬行。我非常缓慢地向前挪动了一段，环顾四周，确定了一下方向和位置，注意着炮火的密集和稀薄的分布情况，以便找到返回的路。后来我试着和其他人取得联系。

我的心里还是有些害怕，但这是一种理智的恐惧，一种思想高度戒备的警惕性。夜风在吹拂，在炮火喷出的火焰闪光中，黑影来回晃动。透过光亮所能看到的，既太少，又太多。我常常停下来，全神贯注，却一无所获。因此向前移动了很长的一段距离，又绕了个大弯回到了原地。我始终联系不上任何人。每靠近我们的战壕一米,都使我更加充满信心,也使我前进的速度加快一些。如果此时被打中,那可就坏透了。

这时,一种新的恐惧突然笼罩着我。我再也记不起那个方位了。我平静地躲到一个弹坑里面,想认清所在的位置。经常会有人兴奋地跳进一条战壕,却发现不是自己应该跳进的那条,这样的事发生过不止一次了。

过了一会儿,我又竖起耳朵聆听,但还是无法辨清方向。迷宫一样的弹坑这会儿看起来是那样复杂,竟使我在焦躁不安中再也不知道该选哪个方向。或许我正在与战壕平行地前进呢,如果真是这样,那我就永远要这样爬下去了。想到这里,我便绕了个大弯,重新改变了方向。

这些该死的照明弹!它们大约燃烧了一个小时,人丝毫都不敢挪动,否则子弹就会在你周围像雨点一样落下来。

可是这样完全不是办法,我一定要出去。我只能硬着头皮向前进,像螃蟹一样在地上缓缓地爬行,锋利得如同刀刃般的锯齿状弹片把我双手划破了。我总是模糊地感觉到,好像远方的地平线天空逐渐明亮起来了,但那也许只是我的幻觉罢了。然后我逐渐意识到,朝着正确的方向前进,是关系到自己生死的事。

一声炮弹炸响了。紧接着又是两颗。战斗已经开始了!急促的炮击,机关枪嗒嗒地响着。现在我只能紧贴在地面,暂时没有别的办法了。或许已经发动进攻了,到处都有照明弹蹿上高空,一发接着一发。

我在一个很宽大的弹坑里蜷曲着身子,从双腿直至肚子都泡在水里。进攻一开始,我就马上钻到水里装死,钻到只要自己不至于窒息的那种程度,把脸也尽可能地埋在淤泥里。

突然猛地一声炮响,我赶忙往水里滑去,把钢盔完全挂到后颈上,嘴巴露在外面,刚好可以呼吸。

后来我一动不动地趴在地上。某个地方有什么东西在"叮叮当当"地响着,沉重的脚步声越来越清晰,我所有的神经都变得紧绷且冰冷。那杂乱的声响在我头顶上响着,渐渐远去了,这就是经过的第一批部队。我心里只有一个支离破碎的想法:要是有人跳进了弹坑,该怎么办?我迅速抽出一柄匕首,紧紧地握住,把它和手一块儿藏到淤泥里。只要有人一跳进来,我立马就扑上去,用利刃刺穿他的喉咙,使他不能叫喊,也只有用这个办法了。他也会像我一样惊慌失措,而惊慌之中我们会互相攻击,我一定要先发制人。

此时我们的炮兵连开始反击了。正好有一颗炮弹落在我附近。这真让我暴怒发狂,我险些被自己的炮弹炸飞。我咒骂着,气得我在淤泥里咬牙切齿。这是一种语无伦次的狂怒,最后也只剩下了呻吟和为自己祈祷而已。

炮弹剧烈的爆炸声充斥着我的耳朵。我只希望我们的人发动一次反击,那样我就能得救了。我把头贴在地上,倾听着那沉闷的轰鸣声,仿佛听到远处矿山的爆破声,随后又抬起头,听听上面杂乱的声音。

机关枪的声音持续不断。我清楚我们带刺的铁丝网屏障非常牢固,很难受到损坏,况且有一部分还带着高压电。我听到步枪的火力有所增强。他们没有突破,很快就会退回来。

我又垂头丧气地缩进水里,心情极度紧张。外面物件的碰撞声、逐渐临近的脚步声,以及物件颤动的种种声音都听得越来越清楚了。其间夹杂着一声孤单的尖细刺耳的叫喊。他们遭到了火力的轰击,进攻被击退了。

天色变得微亮了一点儿。脚步从我头顶上急速而过。这是第一批,过去了。又是一批。机关枪的扫射声连成一条完整的链条。正当我想要稍微转动一下身子的时候,有一个很重的东西啪的一声从我头上摔了进来,一个人滑了下来,横压在我身上……

我不假思索,没有做出任何决定,狠狠地冲他一刀刺去,只觉得那个人抽动了一下,随后就瘫倒了下来。等我回过神来的时候,我的一只手又湿又黏。

那个人的喉咙里发出咕噜声。我觉得,他好像是在疯狂地嘶吼,每次呼吸都像一声呼喊、一声雷鸣。但实际上那只是我的心在剧烈跳动罢了。我真想用泥土堵住他的嘴,再刺他一刀,必须让他彻底安静下来,那样他才不会暴露我。可我忽然变得清醒、变得心软起来,竟没有勇气再对他下手了。

就这样，我爬到一处离他最远的角落里，待在那儿注视着他，紧握着匕首，只等他再动一下，就向他刺过去。但他再也不会那样做了，我从他的喘息声已经听出来了。

我已能隐约地看清他了。我只有一个愿望，那就是马上离开。如果不赶快离开，那么天一亮就不可能走了，现在赶紧走也已经很困难了。但当我试图抬头观望时，我就知道那样做是不可能的了。机关枪到处扫射着，或许还没跃起，我就已经千疮百孔了。

我用钢盔试了一下。我把它摘下来向上稍稍举起，以便测定一下枪弹的高度。很快，一颗子弹就把它从我手里打落了。火力几乎是贴着地面在扫射。我离敌人的阵地很近，如果我试图溜走，可能没几步就被他们的狙击手逮个正着。

天色更亮了。我的心情非常烦乱，我焦急地等待着我们的部队赶快发起进攻。我的指关节都变白了，因为我紧握着双手，我期待着扫射赶快停止，好让我的战友们赶快过来。

时间一分钟一分钟地渐渐过去了。我没有勇气去注视那个躺着的黑影。我费劲地避开视线，默默地等待着。上面的子弹嗖嗖地响着，像网一样笼罩着，永不停息，永不停息。

这时候，我看清了自己那只沾满污血的手，突然觉得一阵恶心。我赶紧抓起污泥，往皮肤上擦着，这一下手上便尽是些肮脏的污泥，再也看不到血迹了。

炮火丝毫没有减弱。这个时候双方都同样凶猛地咆哮着。我的伙伴们很可能早就对我不抱希望了。

这是个晴朗而灰暗的早晨。那咕噜声继续响着。我捂住耳朵，但又赶紧把手指抽了出来，因为不抽出来，我就什么声音都听不到了。

我对面那个家伙轻轻地动了一下。我紧张了起来，不由自主地注视着他。躺在那里的是个留着小胡子的人，那家伙的头倒在一边，一条胳膊半弯曲着，脑袋无力地靠在上面。另一只手放在胸口上，那里血淋淋的。

他死了，我对自己说，他肯定是死了，他不会有什么感觉了。在那儿发出咕噜声的，只不过是那个身躯。但那个头试图要抬起来，呻吟的声音变得更急促了，随后他的额头又沉到胳膊上。那个人已经奄奄一息了，但他还没有死。我慢慢地朝他移过去，犹豫了一会儿，双手撑着身体，又小心地爬过去，等了一会儿，又继续向前爬了一段三米的可怕距离，一段漫长而可怕的距离。我终于靠近了他身边。

这时候，他睁开了眼睛。他一定听到我的声音了，因为他眼睛惊慌失措地朝我看着。那躯体一动不动地躺在那里，而我却感觉他的眼睛里有一种企图想要逃跑的神色，仿佛要使我相信，那双眼睛甚至有足够的力量拖着他的身躯逃出去。数百公里的路程只需要它一冲就过去了。那躯体却再也没动静了，弹坑里没有丝毫声响，咕噜声也渐渐停止了。但他的眼睛却在喊叫，在呼号，他全部生命的活力都集中在那里，凝聚力量准备一次不可思议的逃跑，他恐惧地看着我，看着死亡。

我的腿关节支撑不住，便朝下倒了，忙靠着两肘支起身来。"不，不。"我小声地说道。

那双眼睛紧跟着我。只要它们在那里，我就没有勇气和力气动弹一下。

这时候，他胸口的那只手缓缓地向下滑落，只稍稍落下那么一点，它只落下几厘米，可是这个动作却使他眼睛里那种丰富的力量消逝了。我向前靠近他，俯下头，冲他摇头道说："不，不，不。"我向他举起一只手，我一定要示意我的友好，我是愿意帮助他的，我又在他额头上摸了摸。

我的手一伸过去，他的眼睛就退缩了回来。这双眼睛失去了瞪着看的神情，眼皮子垂下来，先前那种惊恐已经过去了。我帮他解开衣领，扶着他的头移动到一个更舒服的位置。

他半张着嘴，好像要说话。他的双唇很干，我正巧没有随身携带军用水壶。可是弹坑下面的污泥里有水。我爬下去，用手绢摊开往下压，吸了一点水，舀起那渗透在我手掌中黄色的泥水。

他一口就把水咽到了肚里。我又去给他弄了一点。随后，我解开他的军服上衣，打算看看能不能帮他包扎一下伤口。我无论如何也要做这件事，因为即使我被那边的人俘虏了，他们那边见我如此友好地帮助他，也不至于把我枪毙了。他试图挣扎了一下，可他的手软弱无力，便不动了。他的衬衫已经粘在身上了，不好撕开，原来它是从背后扣上的。所以没有别的办法了，只能把它剪开了。

我又找出了小刀。但当我抓住他的衬衫准备割开时，他那对眼睛又突然睁开了，那里面又充满着喊叫和疯狂的表情，我只好把他的眼睛给蒙起来，不留缝隙，我不停地低声说道："我会帮助你的，伙伴，伙伴，伙伴……"我急切地重复着说这个词，为了让他能理解我现在的举动。

他的身上有三个伤口。我用自己的急救药包覆盖住它们，血顺着从下边流了出来，我用力压紧急救包，他嘴里便呻吟起来。

这是我所能做到的事。现在，我们就只有静静地去等待，等待。

这几个钟头啊，他的喘息声又响了起来。一个人要死去是多么缓慢啊！我很清楚这一点，他确实已经救不活了。虽然我真的希望看到他能继续活下去，但他到了中午，他的呻吟声却使我的想法粉碎了，融化了。如果我在爬行中没有丢失那把左轮手枪的话，我肯定会把他打死。但用刀刺死他，我却没有勇气。

中午，我是在思维的极限之外缓缓度过的。饥饿侵蚀着我，为了能搞到一些吃的，我几乎急出眼泪来，与饥饿做斗争的事，我可做不来。我不停地舀水给那个垂死的家伙喝，我自己也喝了一些。

他是我第一个亲手杀死的人，此刻我能看清楚他的全部，他的死是我造成的。卡特、克罗普、米勒早就用枪打死过人了，他们也经历过这种事情，不少人都有过这样的经历，特别是在肉搏战中。

可是，每一次的呼吸都把我的内心暴露了出来。这个垂死的人还有很多时间，他用一把无形的小刀狠狠地朝我刺着：时间和我的思想。

只要他能够活着，我会给他更多的帮助。躺在这里，还得看着他的模样、听着他的声音，这让我非常难受。

午后三点多钟，他死了。

我觉得很轻松，呼吸顺畅。然而那是很短的一段时间。很快我就觉得孤独的寂静比喘息、呻吟声更让我煎熬。我希望那呻吟声再回来，时高时低的，沙哑的，间歇的，一会儿是轻轻的鸣笛般的声音，过一会儿又是沙哑、响亮的。

我做的任何事情，都是没有意义的。可是我必须要做点什么啊。于是我把那个死者扶好，让他在一个舒服的位置躺下，虽然他再也感觉不到什么了。我把他的眼睛合拢。那双眼睛是浅褐色的，他的头发是乌黑的，边上还有一些卷曲。

他那两撇小胡子下边是一张厚实的嘴巴，鼻子稍稍有些拱起，皮肤带点棕色，看起来不再像他垂死前的那样惨白了。有那么一瞬间，他的脸上显出了健康的光泽，但片刻工夫又变成了没有血色的死人脸，我已经看多了这样的脸，它们几乎都是一个样子。

他家里的妻子肯定很想念他，她一定不会知道已经发生了怎样的灾难。看样子他好像总是给她写信，她也许还会收到他的信——明天、一周之后，或者再过一个月还会有一封辗转邮递的书信。她能看到这封信，在这封信里他会和她说话。

我的状况越来越糟糕，我再也无法控制自己的思想。他妻子外貌如何？是不是像运河对岸那个身材苗条、肤色浅黑的姑娘呢？她现在还属于我吗？或许经历了这样的事，她现在就属于我了！要是坎托雷克现在坐我身边该多好！如果我的母亲能看见我的话……要是我能正确地记得回到战壕的路线，这个死去的人也许还能再活三十年。要是他向左多跑两米，那么他现在说不定正坐在那边的战壕里，给心爱的妻子写信呢。

我不能再这样继续想下去了，因为这是我们这些人注定的命运，要是克默里希当时把腿往右移十厘米，要是海伊当时往前能再弯下五厘米……

周围一片寂静。我要说话，一定得说些话。我转过脸跟他交谈起来，说道："伙伴，我本来真不想杀死你的。要是你还能再跳进这里一次，我绝对不会那样做了，只要你也能理智一些的话。但是之前你对我来说只是一个抽象的概念，是我脑子里的逻辑关系，促使我做出了那样的决定。我也只是向那个抽象的概念猛刺了一刀。但我现在看清了，我们都是一模一样的人。先前我想的是你的武器、你的手榴弹、你手中的步枪、你的刺刀,而现在你让我看到了你的妻子、你的面孔、你我之间都拥有的东西。伙伴,原谅我!我只怪自己这么晚才认清了这一点。为什么没有人告诉我们,咱们都是一样的可怜人,我们都有担心着我们的母亲,我们都恐惧死亡,也都会死亡,都有同样的痛苦……伙伴,原谅我吧,为什么你会成为我的敌人呢?如果没有那些武器和军服,那么你一定可以和卡特、克罗普一样,成为我的好兄弟。你从我这里拿去二十年的生命吧,伙伴,你站起来吧,多拿一些去,因为我不知道,留下这条性命又能做些什么呢?"

一片沉寂。前线除了步枪射击出的啪啪声之外,一片宁静。子弹非常密集,他们并不是毫无计划地乱放一气,而是从四面八方瞄准了射过来。我想跑出去是不可能了。

"我会给你妻子写信,"我急促地对那死者说,"我要给她写信,她一定会从我这里知道你的情况,我会把我刚才对你说的话都告诉她,不会让她受苦,我一定会帮助她,还会照顾你的父母和孩子……"

他的军服上衣敞开着。他的皮夹很容易就找到了。但是我犹豫着,没有把它打开。皮夹里的小本子写着他的姓名。如果我不知道他的姓名,这一切或许会随着时间推移而忘掉。然而他的名字会深深铭刻在我心里,像一颗钉子打进我的心里,永远都别想再拔掉。它有一种力量,随时回忆起这一切,这个场景时常回来,站在我面前。

我心神不定地拿着皮夹。一不小心将它从我手里滑了出去,正巧展开了。散落出几张相片、几封书信。我把这些东西捡起来,打算放回原处。但是我所承受的压力、不确定性、饥饿、恐惧,以及与死人在一起的几个小时,这些几乎使我绝望。我恨不能马上解脱,加剧这种痛苦,从而结束这种痛苦,就像一个人不顾一切地用难以忍受的痛苦的手去猛烈击打树干,会发生什么都不再顾忌了。

几张照片都是业余爱好者拍的小照片,里面是一个妇女和一个小女孩,她们身后的背景是长满了常青藤的墙。照片边上还有几封信。我把信拿出来,试着看看里面的内容。大部分法文我都不懂,只认识几个单词。但被我试着翻译出来的每个字,却像一颗颗子弹穿透了我的胸膛,又像一把匕首刺进我的胸口。

我的脑袋受到了严重的刺激。但是我清楚地意识到,我无论如何也不敢像刚才所想的那样给这些人写信。我不能这么做。我再次看了看那些照片,她们显然并不富裕。今后要是能稍微有些收入的话,我倒可以匿名给她们寄些钱去。我就抓住这一点不放,至少这是个小小的立足点。我今后的路已经和这个死者紧紧联系在一起了。因为我必须去为他做每件事,只要能拯救自己,拯救负罪的灵魂。我不假思索地起誓,我往后只为了他和他的全家人而活着。我不厌其烦地安慰着他,但潜意识里我却是抱着这样的希望:通过这个方式为自己所犯的错误赎罪,也许我还能活着回去,这是个小小的计谋，只要我能出去，我一定努力履行自己的誓言。所以我打开小本子，慢慢地念着他的姓名：热拉尔·迪瓦尔，排字工人。

我从死者身上找到一支铅笔，在一个信封上写下地址，然后迅速地把所有东西都塞回他上衣里。

我亲手杀害了这个排字工人热拉尔·迪瓦尔。我今后无论如何也要当一名排字工人，我的脑子胡乱地想着，当一名排字工人，排字工人……

下午我心情平静了许多。我先前的恐惧和担忧是没有根据的。那个名字再也不会让我惊慌失措了。那阵疯狂劲儿已经过去了。"伙伴，"我很冷静地对那个死者说道，"今天你走了，明天就会轮到我。可要是我能活着回去的话，伙伴，我一定和这件事对抗到底，它毁灭了我们两个人。它夺去了你的生命，从我这里呢？也毁灭了我的生命。我答应你，我的伙伴，这样的错事不会再发生了。"

太阳西下了。我又累又饿，搞得昏昏沉沉的。脑子一片混沌。昨天对我来说就像是一场大雾，现在看来，要从中脱身已经毫无希望了。所以我干脆打了个盹，没想到夜幕降临得这么快。暮色来临了，我觉得它来得很快。还有一个小时。如果是夏天，那还有三个小时。现在还有一个小时。

这时候，我不由自主地紧张起来，担心这段时间又会发生什么事情。我不再去想那个死人，他已经对我没有什么影响了。求生的欲望一下子又冒了出来，原来在脑子里想到的所有东西，已经随之沉静下去。仅仅是为了让自己免于不幸，我机械般地唠叨道："你放心，我一定去做我答应你的一切。"其实我当时也很清楚，我肯定是不会去做的。

我又猛地想到，我如果爬回去了，我的那些伙伴也可能会对着我射击，他们不知道我回来了。我应该对他们叫喊，让他们知道是我。我要一直躺在战壕前，直到他们做出回应为止。

第一颗星星亮起。前线的周围一片沉寂。我长长地吸了一口气，心情激动地告诫自己："现在一定别做蠢事了，保罗，要镇静，要镇静，保罗，想活命就要镇静，保罗。"当我这样唠叨着自己名字的时候，就好像有人在劝慰我一样，有着更大的力量。

天色变黑了。我静下了心，我小心谨慎地等待着，直到第一支火箭弹升上天空。接着我顺势爬出了弹坑。我已经忘记了那个死人。在我面前的是即将到来的黑夜和苍白发亮的田野。我瞅准附近的一个弹坑，在火光熄灭的瞬间，我朝着那里跳了进去，然后再向前摸索，又继续跳到另一个弹坑，弓背弯腰，快速地前行着。

离得越来越近了。在那里，就在一支火箭弹的光亮中，我突然看到有东西在铁丝网里晃动着，随后又不动了。我就这样静静地躺着。等了一阵子，我又看到了它，我认出这肯定是我们战壕里的伙伴。但是以防万一，我还是十分小心，终于，我认出了是我们的头盔，我喊叫起来。

接着那边很快传来了回应声，叫着我的名字："保罗——保罗——"

我又喊了起来，随后看见卡特和阿尔贝特走了过来，两个人还抬着一副担架来找我呢。

"你受伤了吗，保罗？"

"没，没有……"

我们回到了战壕里。我要了一些吃的东西，风卷残云地吃了个干净。米勒递给我一支纸烟。我大概讲述了一下发生的事情。这样的事不足为奇，经常发生。只有夜间进攻才是这件事的特殊之处。而卡特在俄国时，曾有一次在敌方阵线后面待了整整两天，才从那儿逃了回来。

我没跟他们提起那个死去的排字工人。

但到了第二天清晨，我实在憋不住了。我一定要把这件事讲给卡特和阿尔贝特听。他们听完后都在安慰我："你也只能那样做，除此之外，你已经无能为力了。你上前线当兵，不就是为了这个嘛！"

我听着他们安慰的话，看着他们待在我身边，我感到平静了许多。我想到在弹坑里所说的，实在是胡说八道的蠢话罢了。

"就比如，你看看那儿。"卡特指着一个方向说道。

壕沟墙旁站着几个狙击手。他们把带着瞄准镜的步枪放在那里，观察着敌方的情况。不时扣动扳机，发出"啪"的一声枪响。

这时我们听到了叫喊声。"这下可打中一个了！""你们刚才看到他是怎么跳起来的吗？"厄尔里希下士自豪地转过身，记下了他的分数。在今天的射击记录里，他凭借准确无误的三枪命中而遥遥领先。

"这个你又如何解释呢？"卡特问我。

我点点头。

"如果他保持这样下去，那么今天晚上，他的纽扣洞里肯定会得到一只'小彩鸟'①了。"克罗普说。

"也许他很快就能提拔为中士啦。"卡特说。

我们彼此相视。"我是不会干这种事的。"我说。

"都是一样的，"卡特说，"你现在正好看到了，这就很好嘛！"

厄尔里希重新走到胸墙边上。他拿着步枪来回搜索。

"你那件事，用不着多想了。"阿尔贝特点点头说道。

此刻，我一片混乱，再也无法理解我自己了。

"那只是因为我在那里和那个家伙一起躺得太久了。"我说。但无论怎么解释，战争就是战争。

厄尔里希的步枪还在短促而又枯燥地响着。

---

① 这里指勋章。

第十章

我们被分派到一份很好的差事。我们八个人得去守卫一个村子,因为那里被轰击得太严重,已经被放弃了。

我们的主要照看对象是军粮库,因为那边还没有被完全清空。我们自己的军粮同样也得从那个库里领取。做这样的工作,我们几个是最擅长的。卡特、阿尔贝特、米勒、恰登、莱尔、德特林,我们这个班都到齐了。虽然海伊死了。但我们还算是很庆幸的,因为其他几个班伤亡比我们惨重得多。

我们找了一个用混凝土浇灌的地窖当掩蔽壕,从上到下都有台阶相通。入口处另外还有一道用混凝土砌成的土墙作为保护。

现在,我们要做很多的准备。这是一个难得的机会,不仅可以舒展一下双腿,而且还能放松一下。我们都不愿放过这样的机会,毕竟我们已经身陷绝境,根本不允许有多愁善感的工夫。只有在情况好一些的时候,才可能这样。然而,一切都还得从实际出发,我们别无他法。实际到每当头脑中偶尔闪进一些战时的想法的时候,往往都会让我不寒而栗,但好在持续的时间并不长。

我们必须尽可能地把事情看得开一些。所以我们总是利用每一个机会，让各种无聊的行为或废话与恐惧紧密地扎根、依靠在一起。别的我们也没有了，只能用这种方法来鼓励自己。于是我们热情地工作，把日子装扮得像田园生活，当然是一种尽情地大吃大睡的田园生活。

我们首先在小木屋里铺好了从其他几幢房子里拉来的褥垫。即便是士兵，也喜欢让屁股坐得舒服柔软一点。只是在屋子的中央，还留下一处干净的空间。随后，我们又到村子里找来了毛毯、羽绒被和其他高档舒适的东西。反正村子里什么都能找来。阿尔贝特和我还找来一张可以折叠的桃花心木床，上面搭着蓝色的绸帐和一条带花边的床罩。把它搬到屋里的时候，我们像猴子一样满头大汗，但是这样的东西绝不能放弃，更不用说它在几天内一定会被打得粉碎。

我和卡特对几幢房子进行了一次小小的巡逻。没多大工夫，我们就搞到了十二只鸡蛋和两磅非常新鲜的黄油。突然，客厅响起了轰隆一声巨响，一只铁炉子穿墙而入，又从我们头顶经过，然后又打穿了离我们一米远的另一堵墙壁。两个窟窿。炉子是从对面房子飞来的，原来是对面的房子被炮弹击中了，碰巧打在那东西的上面。"狗屎运！"卡特笑着咒骂了一句。我们又继续搜寻。突然间，我们竖起耳朵听，急忙跑了过去。眼前的情景让我们惊呆了：在一个猪圈里，居然有两只活蹦乱跳的小猪在玩耍呢。我们揉了揉自己的眼睛，又仔细地确认一遍：确确实实，那是两只小猪，它们仍然在那里。我俩上去一把抓住,毫无疑问,是两只实实在在的小猪。

这可以做一餐丰盛的美味佳肴。离我们掩蔽壕大约五十步左右有一幢小房子,原来是供军官住宿的。厨房里有个巨大的炉灶,两个炉栅,还有平底锅、罐子、烧水壶,样样俱全,应有尽有。外屋甚至连劈好的柴火都准备齐了——这里真是个地地道道的好地方啊。

我们的两个伙伴从早上开始就在野外农田里找寻土豆、胡萝卜和绿豌豆。我们就是要享受,全部都用新鲜蔬菜,对军粮库的罐头制品毫无兴趣。餐厅里早就准备好了两颗花椰菜。

两只小猪都被宰杀了,是卡特动的手。我们本想炸土豆饼,和烤肉配在一起。但是我们找不到磨土豆的礤床。不过这个问题很快就解决了。我们把一个罐头盖用钉子打了许多洞眼,就这样做成了礤床。三个人戴上厚皮手套,以便保护好手指,另外两个人动手削土豆皮,没多久就完成了。

卡特负责料理小猪、胡萝卜、豌豆和花椰菜。他甚至给花椰菜添了白沙司做调料。我负责做土豆煎饼,每次同时煎四个。我干了十分钟后,就掌握了抛锅的窍门:把平底锅往上猛地一掀,使土豆饼自动在空中抛起翻个身,又落回到锅来。小猪是整只烤的,我们围成一圈站着,像是围着一座祭坛。

与此同时,我们热情地招待了客人,是两个无线电报务员,他们被慷慨地邀请来吃晚餐。他们坐在客厅,那里有一架钢琴。他们一人弹奏，另一人唱起了《威悉河岸上》。他的歌声充满深情，不过带有浓重的萨克森口音。尽管如此，但当我们站在炉灶边准备美味佳肴的时候，它还是深深触动了我们。

随后我们很快意识到，我们要有麻烦了。侦察气球已经发现了我们的烟囱里冒出的烟柱，确认了我们的方位，我们开始遭受炮火的袭击了。那都是些该死的小型炮弹，落地后打出的洞都是很小的，却能向四周扩散，而且紧贴着地面。它们一次比一次离得近，但是我们又不忍心放弃这些美味佳肴。弹片不停地飞射过来。有几块已经呼啸着从厨房的顶窗穿了过去。我们很快烤完了小猪，但是现在没法煎土豆饼了。炮弹越来越急促，弹片频繁地打在厨房的墙壁上，接着从窗子里钻进来。每当有东西破窗朝我呼呼地飞来，我就赶紧端着平底锅和土豆饼，弯下腰，蹲着躲在窗子边的墙根下。然后再起身，继续煎土豆饼。

两个撒克逊人停止了表演，一块弹片打中了钢琴。我们把一切都准备就绪后，便组织大家把东西带到掩蔽壕里去。再等下一次轰炸过后，两个人带着几锅蔬菜迅速跑出去，冲过五十米的距离后进入掩蔽壕里。不一会儿他们就不见了。

又是一次爆炸。大家都蹲下身子躲避，随后又有两个人飞快地跑出去，每人都拎着一大瓶高档咖啡，等下一次爆炸再来时返回掩蔽壕。

紧接着，卡特和克罗普抓住最为重要的杰作：盛在大平底锅里的两只棕黄色烤乳猪。他们高呼一声，往下一蹲，迅速地穿过五十米外空旷的原野。

我耐着性子煎完最后四个土豆饼；这期间，我不得不两次趴在地板上，毕竟这样我就能多煎四个土豆饼，那是我最爱吃的东西。

随后我抓起盛着一堆土豆饼的盘子，紧靠在房门背后。一阵嗞嗞声，然后是一声爆炸的轰响，我把盘子用双手抱紧，贴在胸部，迅速飞奔出去。眼看着快要到了，忽然就听见有个呼啸的声音越来越响，于是我像一头逃命的小鹿飞速狂奔，绕过那堵水泥墙，炮弹的碎片飞射到水泥墙上，我在地窖的台阶上不小心摔倒了，还擦伤了胳膊肘，但是油炸饼一个都没有丢，就连盘子也完好无损。

我们从下午两点开始用餐，一直吃到六点钟。接着又喝咖啡喝到七点半，这是军粮库中为军官们准备的高档咖啡，还抽着军官们抽的香烟、雪茄，这些香烟同样是从军粮库里拿来的。七点半，我们又开始吃晚饭。十点钟的时候，我们把小猪的骨头扔出门外。随后我们喝法国白兰地和朗姆甜酒，同样也都是军粮库的好东西，随后还抽着贴着商标、又长又粗的高级雪茄烟。恰登觉得现在唯一缺少的就是，军官妓院里的姑娘。

夜里，我们听到喵喵的猫叫声。发现一只小灰猫在门口蹲着。我把它引进来，拿东西喂给它吃。这又勾起了我们自己的食欲。于是大家边躺在垫子上休息，边嚼着东西。

可是，这一整晚都没睡好。我们吃得满肚子都是油脂。鲜美的烤乳猪折腾着我们的肠胃。掩蔽壕里的人来回进出个不停。总有两三个人放下裤子，在外面蹲着，嘴里还骂个没完。而我自己已经蹲了九次了。凌晨四点左右的时候，我们创造了一个纪录：我们满屋十一个人，包括客人和守卫的士兵，都在外面蹲着。

夜里，燃烧的房子像火炬一样醒目。炮弹轰鸣着飞来，又向四周散落炸开。运送弹药的车队飞快地行驶在大街上。军粮库的一面被炮弹给炸开了。车队的司机见此情景，不顾纷飞的弹片，蜂拥而入，大肆抢拿着面包。我们只好看着不敢吭气，要是我们说点什么，必将遭受到一顿狠揍。所以我们想了个别的主意。我们对他们说，我们是这里的卫兵，由于我们知道这里的情况，我们就用这些罐头食品去换取我们需要的东西。这有什么关系呢，反正用不了多久，这些都会被炸得粉碎。我们从库房里拿来一些巧克力，掰开吃了起来。卡特告诉大家，吃巧克力有利于肠胃。

差不多整整两个星期，我们就是这样过着吃喝和闲游的日子。没人来打扰过我们。这个村庄在炮火下渐渐毁灭，而我们无忧无虑地生活着。只要军粮库还有一部分没有被炸掉，对我们来说就什么都不在乎，我们真希望一直住在这里，直到战争结束。

恰登已经变得奢侈起来，一支雪茄烟刚抽一半就不抽了。他还很傲慢地说，他已养成了这种习惯。卡特也是容光焕发。每天早晨，他说的第一句话就是："埃米尔，把鱼子酱和咖啡给我送过来。"我们一个个都摆出一副非常有身份的阔绰姿态，每个人都把别人当作自己可以使唤、命令的勤务员。"克罗普,我脚底下痒死了,快把虱子抓走。"莱尔学着电影里的女演员那样,把他的一条腿朝克罗普那边伸去,而克罗普就拖着这条腿往台阶上走。"恰登!""怎么啦?""请您稍息,以后不能说'怎么啦',应该说'是,遵命'——那么,恰登!"于是恰登脱口而出地咒骂起来,骂得相当下流。

又过了八天,我们接到了上级要我们回去的命令。我们的快乐日子结束了。两辆大型载重汽车把我们运走。车上有许多堆得很高的薄木板。但是克罗普和我还是把那张能折叠的床,还有那顶蓝绸帐、垫褥和两条带花边的床罩都拖了上来一并带走。床头后边还放了一大袋最好的食物。每次摸进去,那些结实的瘦肉香肠,可口的肝酱灌肠、各种罐头食品,成箱的雪茄,总会使我们乐得心花怒放。每个人都随身装了满满一袋。

我和克罗普另外又带出来两把大红靠背椅。把它们往那张大床上一放,然后我们往里一坐,舒展开来,就像坐在剧院的包厢里一样。在我们的头顶上,蓝色床帐被风吹得高高扬起,像是贵族的华盖。我们每个人嘴里都叼着一支大雪茄,就这样居高临下地领略着野外的风景。

我们中间有一只小鸟笼子,里面装着那只猫。我们把它一起带来了,它躺在笼子里,面前摆放好一盘肉,喵喵地细声叫着。

汽车在公路上慢慢地行驶着。我们自由自在地唱着歌。在我们身后那个遗弃的村庄里,炮弹的威力把泥土高高掀起,抛向空中。

几天后,我们受命要去撤离一个村庄。沿途我们遇到了流离失所的难民。他们用手推车和婴儿车拖着或者用肩膀后背驮着他们的家当。他们弓腰驼背,满脸忧郁、绝望、仓促和无奈的神情。母亲拉着孩子的手,有个年龄大一点的女孩领着几个稍微年幼一点的,这些孩子跌跌撞撞地走着,边走边回头看。有几个还带着已经不成形状的玩具娃娃。我们与这些人擦肩而过时,大家都默不作声。

我们排成一列纵队行进着。法国人应该不会对一个还居住着同胞的村庄发动炮击。但是仅过了几分钟,就听见空气中的一声巨响,大地随之颤动,喊叫声响了起来,一发炮弹在队尾处爆炸了。大家立刻四散奔逃,扑倒在地,但就是在一瞬间,我意识到我本能的警觉性突然消失了,这种本能的警觉以前总是帮助我在炮火中下意识地做出正确的选择。"你完了"的念头在我脑子闪过,与令人窒息和可怕的恐惧一同闪现出来。霎时间,我的左腿好像被鞭子狠狠地抽打了一下。我听到了阿尔贝特的尖叫声,他就在我身旁。

"起来,快跑,阿尔贝特!"我冲他大声喊叫,因为我们刚才都躺在空旷的田野上,没有任何遮掩。

他跌跌绊绊地站起来向前奔跑。我跟在他身旁。我们必须翻过前边的一道篱笆,它比我们个子还要高出一些。克罗普抓住树枝,我把他的腿托住,他大叫一声,我用力一推,翻了过去。我跟在他身后也跳了上去,又翻下来,但篱笆后面却是一个池塘。

我们的脸上沾满了浮萍和污泥,但是这里倒挺适合隐蔽的。所以我们把身体都泡在齐脖深的水里。每当听到有炮弹呼啸的响动,我们就把头也沉到水里。

在这样连续做了十多次后,我感到筋疲力尽。阿尔贝特呻吟着说:"我们还是出去吧,不然我会沉下水淹死的。"

"你什么地方受伤了?"我问道。

"我想,应该是膝盖那里。"

"你还能跑吗?"

"我觉得……"

"那好,咱们离开这里吧。"

我们朝公路边的一条水沟走去,弯腰沿着沟往前跑。炮火紧追着我们。这条公路通向军火库。要是那里爆炸了,那么我们肯定必死无疑了。于是我们改变了主意,往农田里跑了过去。

阿尔贝特越跑越慢。"你先跑吧,我一会儿就跟上。"他说着,身体倒了下去。

我赶紧抓着他的胳膊说:"起来,阿尔贝特,快起来,再坚持一会儿,你一躺下就很难再站起来了,快跑,我来扶你。"

我们总算躲进了一个小的掩蔽壕里。克罗普一下跌落在里面,我为他包扎好伤口。那一枪正好打在他膝盖偏上一些的地方。这时我才发现,我自己的裤子和胳膊也都在淌血。阿尔贝特用他的急救包帮我包扎好伤口。他的那条腿已经不能动了,我们都感到不可思议,我们究竟是怎么成功跑过来的。只有在极度恐惧的情形下,才可能发生这样的事,即使我们双腿都被打掉了,我们依然能用残留的部位继续奔跑。

我还能勉强爬动,于是爬出去,叫住一辆经过的救护车,他们把我们一块儿带走了。车里坐满了伤员,还有一个下士军医,他给我们的胸口打了一支预防破伤风的针。

到了野战医院后,我们被安排了一下,两个人就并排躺着了。他们给我们每人分一碗稀汤,我们既贪婪又鄙视地用汤勺把它喝了个精光,虽然我们过了很长一段时间的好日子,但是这时我们已经饿得饥不择食了。

"这下可以回家了,阿尔贝特。"我说。

"希望是这样,"他说道,"我只想知道我自己受了什么伤。"

伤口越来越痛了。绷带下火辣辣的。我们喝着水,一杯接一杯地喝着。

"我的伤口,离膝盖有多远?"克罗普问我。

"至少有十多厘米,阿尔贝特。"我欺骗他说。事实上可能就三厘米左右。

"我已经下定决心了,如果他们得给我截肢的话,那我就干脆一死了之。我不愿意后半辈子做一个残疾人。"他坚定地说。

我们就这么满怀心事地躺着,等待着。

傍晚，我们被送到"屠宰场"上。我大吃一惊，赶紧考虑我应该怎么做。因为大家都有所耳闻，野战医院的医生，动不动就给伤员做截肢手术。在伤员繁多的情况下，截肢手术往往比修补工作要简单快捷得多。克默里希的影子忽然出现在我眼前。无论如何，我都不会让他们用氯仿麻醉我，哪怕是非得动手打破他们的脑袋。

还算可以。那个医生把我伤口拨弄了半天，直疼得我双眼发黑。"别装模作样了。"他骂了一句，便又继续乱戳一通。手中的医疗器械在灯光下像疯狂的野兽，闪闪发亮。我痛得受不了。旁边两个护理员紧紧抓住我的两只胳膊，但我还是挣脱了一只，我正想挥拳往医生的眼镜砸去，他发觉了，往后一跳躲开了。"快给这个家伙注射麻药！"他歇斯底里地吼叫道。

这时候我恢复了平静，说道："对不起，医生，我肯定不再动了，但请您别给我上麻药。"

"那好吧。"他咯咯地笑出声来，又拿起他的医疗工具。他是个金黄头发的小伙子，不到三十岁，脸上有几块伤疤，戴着一副金丝边眼镜，让人看了觉得讨厌。但我很快感觉到他是在故意折磨我，他不停地在我的伤口上翻来翻去，有时候还斜着眼偷偷地透过眼镜看我。我咬紧牙关，一双手拼命地攥着把手，我宁死也不会在他面前发出哪怕轻微的喊叫。

他挖出一块弹片，扔到我身上。他看上去对我现在的自制感到满意,所以他还小心翼翼地给我上好夹板,对我说:"你明天可以回家了。"然后我又打上了石膏。当我回去又见到克罗普时,我就对他说:"明天早晨也许会开来一列运送伤兵的火车。"

"我们得跟那个上士医生疏通一下,好让我们待在一块儿,阿尔贝特。"

事情很顺利地解决了。我把那支中间贴着商标的大雪茄递给那个医生,随后把我的来意告诉他,他只闻了闻雪茄说:"你还有这玩意吗?"

"还有好多呢,"我对他说,"那是我的伙伴,"我用手指指克罗普,"他也有。我们很乐意明天拿来,从运伤兵的火车窗口递到你手中。"

他一听就明白了,再次深深地闻了一下雪茄说:"好吧,就这样。"

整个晚上,我们一分钟都没睡着。我们这个病房里,先后死了七个人。有一个人临终前喘着粗气,呻吟着,竟用又高又尖的破嗓子唱了一个小时的男高音赞美诗。还有一个,从病床上摸索下来,爬到了窗前。他躺在那里,好像要最后再向窗外眺望一次似的。

我们的担架停在月台上,等待火车驶来。天空下起雨,车站上没有屋顶。我们的被单又窄又薄。我们已经在这里等了两个小时。

那个上士医生像母亲一样精心地照料着我们。虽然我预感会有意外，可是我还是没有放弃我们的计划。我假装整理背包给他看，还提前给了他一支雪茄。那上士为了表示感谢，给我们盖了一层防水布。

"喂，阿尔贝特，"我又忽然想到一件事情，"咱们那张折叠的大床，还有那只猫……"

"还有搬来的那两把靠背椅。"他接着补充说。

是的，那两把红丝绒靠背椅。我们好几个夜晚曾像王侯一样端坐在那里，还打算以后按钟点把它们出租。一个小时一支烟，倒是可以无忧无虑以此为业来经营度日的啊。

"阿尔贝特，"我突然又想起什么，"还有我们那两袋食品也落下了。"

我们都变得有些沮丧。我们还是很需要那些东西的。只可惜列车不会迟一天再出发，否则卡特肯定会找到我们，并把东西都带来给我们的。

这该死的命运！我们的肚子里装的都是面粉糊，野战医院里的伙食很糟糕，而我们的几个袋子里装着烤猪肉罐头。但现在我们身体已经极度虚弱了，对这样的事，情绪也变得稳定了。

早上列车到达的时候，担架已经湿透了。那个上士安排我们进了同一节车厢。那里还有一些红十字会的护士。克罗普被安排睡在下铺。我被抬了进去，特意安置到他上铺去。

"我的老天！"我突然惊叫起来。

"怎么啦?"一个护士问我。

我朝那个铺位看了一眼。那上面铺着雪白色的亚麻布床单,干净得难以想象,那上面甚至还留着熨烫过的痕迹。而我的衬衣却又脏又旧,已经在身上连续穿了六个星期了。

"你自己一个人爬不上去吗?"那护士关切地问我。

"可以,"我的汗往下流,"您可以把床单拿走吗?"

"怎么啦?"

我觉得自己像一头脏兮兮的猪,要我睡进去吗?"那就太……"我犹豫着说道。

"有点脏是吗?"她鼓励着我说,"没事的,我们还会洗干净的。"

"不,我不是这个……"我有些结巴。对于她的这种热情,我竟有些受不了。

"你们在前线战壕里都躺过,我们当然也可以洗一洗床单。"她轻柔地说。

我瞅了瞅她,她看上去是个年轻貌美的姑娘,皮肤光滑细腻,就跟这里的东西一样。我简直难以置信,这样的人为什么不是只服侍军官呢?对此他们肯定会不平衡,或者觉得有些不可理喻呢。

女人仿佛是一个出色的拷问者,让我不得不说出实情。"只是因为……"我说了一半,我想她应该听懂我说的意思了。

"那么究竟是因为什么呢?"

"因为有虱子嘛。"我还是忍不住喊了出来。

她笑了笑:"它们也应该过几天好日子了。"

现在我也不在乎了。我爬到铺上,拉开被子钻了进去。

有一只手在被子上搜寻着,是那个上士。他带着雪茄离开了。

大约一个小时后,我们感觉到车子在行驶了。

夜深人静时,我醒了。克罗普也没有睡着。列车轻声地在铁轨上滚动着。我对发生的一切依旧感到无法理解:一张床,一列火车,还有回家。"阿尔贝特!"我轻轻地喊他。

"嗯。"

"你知道厕所在哪里吗?"

"我想,在车门的右侧。"

"我想去一趟。"车厢里一片漆黑,我摸索着到床边,想小心翼翼地慢慢往下踩,可是我的脚没找到支撑点,就滑了下去,那条上了石膏的腿不听使唤,我砰的一声摔在地上。

"该死!"我小声骂道。

"你撞伤了吗?"克罗普问。

"你没听见吗?我的头都……"我小声地抱怨着。

车厢后面的门打开了,那个女护士拎着一盏灯走进来,盯着我看。

"他刚才从上铺掉了下来。"

她先按了按我的脉搏，又摸了摸我的额头说："可是你并没有发烧。"

"没有。"我点头说。

"那么你一定做了个梦吧？"她又问道。

"好像是。"我想岔开她的提问。现在，她又开始了不停的追问。她用一双晶莹清澈的眼睛看着我。她越是干净和美丽，我就越是不能告诉她我想要做什么。

我又被扶到了上铺位。这当然很好。只要她一离开，我就试着再爬下来。如果她是个老太太，那么我会不假思索地告诉她真实情况，但她那么年轻，顶多只有二十五岁，我真不好意思告诉她。

这时候，阿尔贝特来救我了，他不会害臊，无论遇到多难堪的事，他都无所谓。他叫住了那个女护士，她转过身来。"护士小姐，他想……"这时连阿尔贝特也觉得难为情了，不知如何文明含蓄地表达出来。在前线，我们之间只要说一个词就解决了，但是在这儿，尤其是面对一位女士——可他突然像是受到了什么启示，想起了在学校里常用的方式，接着说完了刚才的话："他想要出去一下，护士小姐。"

"原来是这样，"护士温和地说，"但带着石膏，就别再乱动了。好啦，您要什么？"她又冲着我问道。

对于这个新的说法，我吃了一惊，因为我对那些事的专业用语一无所知。不过她倒帮了我的忙："小的还是大的？"这事真难为情啊！我的脸通红，冒着大汗，吞吞吐吐地说："只要小的……"

无论如何，至少产生了一点效果。

我拿到一个小瓶子。几个小时后，就不单单是我一个人了，到早晨时，我们就习惯了这些事情，而且提出我们的要求，也都不再难为情了。

火车缓慢地行驶着。有时停下来，把死了的人抬走。它经常停下来。

阿尔贝特开始发高烧。我倒还可以，只是隐隐感觉有些疼痛。但是更糟糕的是石膏绷带下面可能还有些虱子。痒得很厉害，我自己又不容易搔到。

我们连续几天都在躺着睡觉。乡村的风景静静地从车窗外掠过。第三天的晚上，我们到了赫伯斯塔尔。我从护士那里听说，阿尔贝特高烧不退，下一站要被抬下去。

"这列车还有多远的行程？"我问道。

"到科隆。"

"阿尔贝特，你等着。我们不会分开的。"我说。

当那个护士下一次过来巡视的时候，我就憋住气，脸涨得通红。她停下来问道："您是不是感到疼了？"

"嗯，是的，"我呻吟着，"突然就疼起来了。"

她递给我一支体温计，便继续向前走了。要是我连这点窍门都不知道，那就谈不上拜过卡特为师了。这种军用体温计，没有考虑到那些经验丰富的老兵。只要里面水银柱子升上去，那么它就会停留在真空管里，不再落下。

我把体温计夹在胳膊下，向下斜着，然后不停地用手指弹它。然后再把它甩一甩。它慢慢地升到三十七度九。但是这还不够。我非常小心地划了一根火柴，放在边上加热，它很快便升到了三十八度七。

等护士回来时，我喘着粗气，呼吸很急促，用一双呆滞的眼睛盯着她看，辗转反侧，有气无力地说："我实在受不了了……"

我的名字也被她记到一张字条上。我清楚地知道，若非特殊情况，我的石膏绷带是绝不会被解开的。

阿尔贝特和我一起被抬下了火车。

我们住在一所天主教会的医院里，还是同一病房。我们也暗自庆幸，因为天主教会的医院向来以良好的治疗和可口的饭菜而闻名。我们列车上的病人把这家医院挤满了，其中也有许多重病患者。我们今天没有进行检查，因为医生人手不够。走廊里常常有装着橡皮轮子的平板车来来回回地推着，总是有人直挺挺地躺在上面。一种糟糕的姿势——把四肢都伸直了——像这样只有在一个人睡着时才会舒服。

这一夜非常糟糕，我们都没有睡好。直到天快亮的时候，我们才稍稍打了会儿盹。我睁开眼睛时天已经大亮了。房门敞开着,我听到走廊传来声音。其他人也都醒过来了。有个已经来了两三天的病号对我们解释这个情况。"在这走廊里,每天早晨都有护士做祷告,她们称之为早礼拜。为了使所有人都能得到保佑,就把我们病房的门都打开了。"

这样做,用意肯定是好的,可这使我们的骨头和脑袋都觉得酸疼。

"多么荒谬的事,"我说,"正好在我们都熟睡的时候。"

"所有伤病较轻的人都在这里,因此她们才选在这儿做祷告。"他说。

阿尔贝特不停地呻吟。我大发雷霆,喊道:"外面清静一会儿。"

大概过了一分钟,有个护士进来了。她穿着黑白相间的制服,看上去像一个漂亮的咖啡壶。"护士小姐,请您帮我们带上门。"有人说。

"我们正为大家做祈祷呢,要把门打开。"她回答。

"可是我们还在睡觉……"

"祈祷比睡觉更好,"她站在那里,友善地微笑,"再说已经七点钟了。"

那边阿尔贝特又呻吟了起来。我高声地吼道:"快关上门!"

她吓得不知所措,看样子她还是不明白。"我们这也是为了你们做祈祷呀。"

"还不是那样，你先关上门！"

她转身出去了，没有关门。外边又响起了连祷声。我不由得狂怒起来，喊道："我现在数三下，如果你们还不停止，我就往外扔东西。"

"我也不客气。"另一个人也大声说。

我数到五。毫不犹豫抓起一个瓶子，照准门口扔了出去。它摔得粉碎。祈祷停止了。那些护士拥进来，一起克制地指责我们。

"关上门！"我们喊道。

她们离去了。先前那个矮个子护士最后一个走。说了一声"异教徒"。我们终于胜利了。

中午的时候，野战医院的监察员来了，严肃地训斥了我们一番。他拿关禁闭什么的处罚来威胁我们。但野战医院的监察员和军粮处的监察员一样，虽然是个佩着长军刀、戴着肩章的人，但都是些文职军官，这一点连新兵都知道，所以我们谁都没当回事，由着他去说，反正他又能把我们这些人怎样呢？

"是谁扔的瓶子？"他问。

我还在思考要不要坦白承认的时候，却听见有人回答："是我！"

一个胡子拉碴的人从床上坐了起来。大家都不禁捏了一把汗，想知道他为什么要自己承认。

"是你？"

"是我。当时我神志不清，因为她们的吵闹声把我们吵醒了，我自己都不知道当时干了些什么。"他很流畅地背书似的说了一大堆。

"告诉我你的姓名。"

"增援部队预备兵约瑟夫·哈马赫尔。"

那个监察员离开了。我们都很奇怪地看着他问道："你为什么要把事情往自己的身上揽呢？又不是你干的！"

他咧嘴笑道："没有关系的，我有医生开的神经错乱证明书。"

他这样一说，我们才恍然大悟。谁要是有了神经错乱证明书，就可以想干什么就干什么。

"是的，"他说道，"我的头部中过枪，他们就给我开了一张证书，并指出我有时会精神错乱，不能对自己的行为负责。从那时候起，我的日子就舒服多了，谁都不敢来招惹我，也没有人能把我怎么样。我承认是我干的，是因为刚才那一猛砸让我很过瘾，很高兴。要是明天她们再把房门打开，我们还砸。"

我们欣喜若狂。只要有约瑟夫·哈马赫尔在，我们就什么都不怕了。

后来，平板车不声不响地开进来，把我们接走了。

绷带黏得紧紧的，我们像公牛般大声地吼叫着。

我们的病房里住着八个人。伤势最重的叫彼得，他满头黑色的鬈发，肺部中弹，情况比较复杂。他旁边的人叫弗兰茨·韦希特尔，一条胳膊中弹受伤了。他的伤势一开始看上去并不太重，但是到第三天夜里，他突然大喊大叫，要我们按铃，说他在大出血。

我不停地按铃。夜班护士也没进来。晚上我们已经向她提了相当多的要求，因为大家刚换了新的绷带，所以都非常疼。这边的人刚要求把他的腿这样放，而那边的人又喊着要那样放，还有第三人要水喝，第四个人又要她把枕头弄得松软一些。最后，那个胖胖的老太婆不停地咒骂着，大声地甩上门走了。现在她肯定以为还是那一套，所以就不来了。

我们等了一会儿。弗兰茨说："你再按一下。"

我又接着按，她始终没有过来。在我们这儿，夜间就这么一个值班护士，可能她正好在其他病房忙着。"弗兰茨，你确定你是大出血了吗？"我问他，"不是的话，她又要骂我们了。"

"绷带都湿透了，谁能开一下灯吗？"

这谁也办不到。开关在门口，但我们没人能站起来。我就用大拇指死死地按在铃钮上，直到拇指都变得麻木了。也可能那个护士睡着了。她们肯定有许多工作要做，现在都已经疲劳过度了，而且还要经常做祷告。

"我们要不要再往外扔个瓶子？"那个持有神经错乱证明书的约

瑟夫·哈马赫尔说道。

"铃声她都听不见，就更听不见这个了。"

最后门终于开了。那个老太婆绷着脸走了进来。当她看见弗兰茨的伤势后，便有些急了，说道："怎么没有人来通知我呀？"

"我们按了铃的。这里没有一个人能走路。"

他确实流了很多血，她赶紧替他做了包扎。第二天早晨我们看到他的脸色，已经变得又瘦又黄了，而在头一天睡觉前，那张脸还是很健康的。现在，有个护士会经常进来看看。

有时候也有红十字会的志愿护士来这里。她们乐于助人，但是都笨手笨脚的。帮我们换床的时候，她们经常会弄疼我们的伤口，而她们自己又吓得手忙脚乱，结果反而把我们弄得更疼了。

修女们更加可靠。她们懂得如何处理我们的各种情况，但我们更希望她们可以活泼开朗一些，那就更好了。不过其中也有几个人幽默大方，她们是很出色的修女。谁都愿意帮莉贝尔廷的忙，她是一个了不起的修女。哪怕只是远远地看见她，她就可以把欢快轻松的气氛带到每一处病房。像她这样的人，这里还有好几个。为了她们，我们甘愿赴汤蹈火。我们确实没有理由再抱怨了，因为在这里，修女对待我们像对待平民百姓一样。相反，只要想想野战部队的医院，就会令人心烦意乱。

弗兰茨·韦希特尔没能康复。有一天他被抬走了，再也没回来。约瑟夫·哈马赫尔知道是怎么回事："我们不会再见到他了。他们把他转到死亡病室去了。"

"死亡病室？这是什么意思？"克罗普问道。

"啊，就是临终关怀病房……"

"那它到底是什么呢？"

"大楼拐角处的一个小房间。只要是快死的人，都会被送到那里。屋里摆着两张床。所有的人都管它叫死亡病室。"

"可是，他们为什么要这么做呢？"

"把这些人送到那里以后，他们可以省去不少麻烦。而且那里也很方便，它离通往太平间的电梯很近。他们这样做，或许也是为其他病人考虑，不至于影响他们的情绪。而且，一个人到那里单独躺着，他们照料起来也方便一些。"

"可是他会怎么想呢？"

约瑟夫耸耸肩膀："通常他们都不会察觉到什么了。"

"大家都知道这个事吗？"

"在这里住得够久的人，自然都会知道。"

下午，弗兰茨·韦希特尔睡过的那张床上又来了一个新的病人。没过几天，他也被抬走了。约瑟夫做了个意味深长的手势。我们看到很多人不停地进进出出。

有时候，有些亲戚会坐在病床边哭泣，轻声地、尴尬地说些什么。有个老太太一直坐着舍不得离开,但她又不可能在这里过夜。所以第二天早晨,她一大早又赶来了,但还是来晚了一些。那个床位上已经躺着另外一个人。她只好往太平间那边去了。她把带来的苹果分给了我们。

那个小彼得的情况开始变得糟糕了。他的体温记录看上去不妙,终于有一天,他们推着一辆平板车停到他的床边。"要去哪儿?"他问道。

"到包扎室。"

他被抬到了车上。但那个护士犯了个错误,她为了少跑一趟,把他的军装从挂钩上拿了下来,一起放车上。彼得马上明白了,于是拼命地挣扎着想从平板车上滚下来:"我就要留在这里!"

她们用手按住了他。他的肺被子弹打穿了,只能有气无力地叫喊着:"我不要去死亡病室里。"

"我们是去包扎室。"

"那么你们干吗要连我的军服一块儿带上?"他已经说不出话了,激动地颤抖着,呜咽道,"就让我留在这里吧!"

她们没有回答,把他推走了。车子推到门口时,他又挣扎着想坐起来。他那乌黑的鬈发随着脑袋晃动,眼里全是泪水。"我很快会回来的!我很快会回来的!"他叫喊着。

门关了。大家都很激动,但是没有人说话。终于,约瑟夫说:"好多人出去时也是那么说。可是他们一旦进去,就再也出不来了。"

我动了手术，连着呕吐了两天。医生的助手跟我说我的骨头还没愈合。还有一个人，骨头长弯了，只能打断了重新接。真是倒霉。

在我们新来的病人当中，有两个年轻士兵是扁平足。主任医师在检查病房时发现了他们，欣喜若狂。"你们的脚很快就能矫正，"他告诉他们，"我们只要给你们动一个小手术，那么你们很快就会有一双健康的脚了。护士小姐，请把他们记下来。"

他一出去，那个无所不知的约瑟夫就警告他们："说什么也不要让他给你们动手术！那个老头对科学技术有一种狂热。他专爱给人开刀做手术，简直像发了疯一样。他给你们做矫正扁平足手术，没错，你们的平足是没有了，但脚也变成畸形的了。你们接下来一辈子就只能拄着拐棍走路了。"

"那我们该怎么办呢？"他们中的一个人问道。

"就直接说不愿意做！你们来这里是治疗枪伤的，而不是治疗扁平足的。反正上了战场，你们感到脚有什么不方便吗？没有！就是这么回事儿！现在你们还能跑，但要是给那个老头带上手术台开了刀，那你们就变成残废了。他只不过是想拿你们做试验。所以对他们来说，正如对所有的医生一样，战争是他们的辉煌时刻。你们去看看下边那个病区吧，现在还有十几个人走起路来一瘸一拐的，那些都是他动的手术。有些人是一九一四或者一九一五年来的，好多年了。他们没有一个比开刀以前走得更好,一个个都比以前更糟糕,而且大多数人的腿上还打着石膏。每隔六个月,他又把他们重新抓来,把他们骨头弄断,然后每一次都说取得成功了。你们要记住我的话,只要你们说一个'不'字,他就不敢这么做了。"

"天啊!"其中的一个人听完后厌烦地说,"脚弄坏了总比上战场丢了脑袋强呀。如果再上战场,谁知道还会遭遇些什么?他想给我们做手术,就由他做好了,只要我可以回家,一只畸形的脚总比死在前线好多了。"

另一个是和我们差不多的年轻人,他却不肯答应。次日早晨,那老头就叫他们两个人过去了。软硬兼施,甚至恐吓,折腾了好一阵子,他们最终答应了。他们能有什么办法呢?他们仅仅是两个普通士兵,而他却是有身份有地位的人。他们被送回时,腿上面还绑着石膏,而且用了麻药。

阿尔贝特的病情加重了,被他们抬走做了截肢手术。整条腿全部被锯掉了。现在他变得沉默寡言。有一次他甚至说,要是有一天他手里能有一把枪,那他就给自己一颗子弹。

又来了一个新的运输车队。我们的病房里送来了两个双目失明的病号。其中一个是年纪很轻的音乐家。护士给他喂饭从来不用刀叉,他有一次突然从护士手里抢夺过一把。尽管这样小心,但不幸还是发生了。晚上,护士给他喂饭时,有人喊她出去了,盘子和餐具就留在他旁边的桌上。那音乐师伸手抓起餐叉，用尽全力猛戳到自己心脏上，随后又抓起一只鞋，使劲地往里敲打。我们大声呼救，三个男人跑进来用大力气才把那把餐叉拔出来。那叉刺很钝，却因为用力过猛，戳得非常深。他整夜都在咒骂我们，弄得大家难以入睡。天一亮，他便开始痛苦地喊叫起来。

又空出一个床位。日子在绝望、惊恐、呻吟和垂死的叹息中一天天过去。死亡病室也不再顶用了，那里空间太小，有些人天没亮就死在了病房里。人死得太快了，护士还没来得及去处理。

有一天，房门忽然被推开了，平板车推了进来。只见彼得笔直地坐在担架上，他看上去那么虚弱，面色苍白，昂着满是鬈发的头，得意扬扬。莉贝尔廷护士也笑逐颜开地推着他到原来的那张床位上。他从死亡病室回来了，我们都以为他再也不可能回来了。

他来回看了看四周，说道："现在你们还有什么说的呢？"

就连约瑟夫也不得不承认，他是第一次碰到这种事。

过了些日子，我们中间有几个被允许下床了。我也拿到一副拐杖，可以一瘸一拐地来回走动了。但是我很少用它们，因为我在房间走动时，受不了阿尔贝特盯着我的眼神。他总是用那种怪异的目光看着我。有时我会溜到走廊上，在那里我可以随意地走动。

在楼下一层，住着腹部和脊椎受了枪伤、头部中弹的人，还有一些双腿或双臂做了截肢手术的病员。右边住的是颚骨受伤，中了毒气，或耳朵、鼻子、脖子有伤的士兵。左边住的是肺部受伤、眼睛失明、骨盆被打伤、关节受了伤、肾脏受了伤、睾丸受了伤，以及胃部受了伤的人。看过这些的人就会明白，一个人的身上到处都会中弹受伤。

有两个病人死于破伤风。他们的面色惨白、身体僵直，到最后只有他们的眼睛还活着——久久地瞪着这个世界。许多伤兵受伤的四肢都吊在架子上，并在伤口下面放一个盆，渗出的脓水便滴到盆里。每隔两三个小时，容器就得倒一次。另一些人躺在伸缩绷带里头，床的一头用几个大秤砣挂着。我看到那些肠子受伤的人，肠子里面尽是塞满的粪便。医生的助手把完全被打碎的髋骨、膝盖和肩膀的X光照片拿给我看。

一个人无法理解，在一个伤痕累累、血肉模糊的躯体上居然还会有一张人的面孔，而且生命还在日复一日地延续。而这里只是一所很普通的医院，也仅仅一个病区——在德国、法国、俄国还有成千上万这样的地方。既然这样的事情都是可能的，那么所有已经写出来、做出来或者想出来的事情都是毫无意义的啊！那些必然全部都是谎言，都是无关紧要的东西。如果几千年的悠久文化都无法制止这种血腥的灾难，无法制止这种成千上万的酷刑地狱的存在，那么一切都必定是谎言，都是无关紧要的东西。只有在医院，才会显示出什么是战争。

我还是个年轻小伙子，只有二十岁。但是对于人生，却过早地饱尝到了恐惧、绝望、死亡以及伤痛后的茫然,除此之外我没有别的概念。我眼里看到民族与民族之间彼此仇视,只有麻木无知地、顺从地、凶残地互相杀戮。我看到世界上最聪明的头脑却在创造凶残的武器和鼓动的言辞,使这一切更巧妙、更持久地延续下去。所有和我年龄相仿的人,无论在哪儿,这里、那里,都能亲眼看到这些事情,我们这一代人都在和我一同经历这些事情。如果我们突然站起来,走到我们的父辈面前,要求他们给个说法,他们又将作何答复呢?倘若一个没有战争的时代来临了,他们还能对我们有什么指望呢?这些年以来,我们的工作就是杀人——这是我们人生中第一份职业。我们对生命的认知仅限于死亡。以后还会发生什么呢?将来的我们又会怎样呢?

我们这个病房里年龄最大的是莱万多夫斯基,他四十岁了。由于腹部严重受伤,他已经在医院躺了十个月了。最近几个星期,他的伤势才开始慢慢好转,可以一瘸一拐地走点路了。

在过去的几天里,他一直激动不已。他远在波兰的妻子给他写了一封信,信中说她积攒了些钱,足够作为路费,准备来探望他。

她已经出发上路了,随时都有可能到这里。莱万多夫斯基开始茶不思饭不想了,甚至红甘蓝煎香肠,他也只是吃了两三口就大方地送给别人了。他经常拿着那封信在病房踱来踱去,那封信,我们每个人都已经传看十几遍了,就连邮戳也已经查验过好几次了,而信封上的地址由于油渍和手印，已经模糊难辨了。不该来的事情终于来了，莱万多夫斯基发烧了，不得不再次躺倒在床上。

两年来他都没有见过他的妻子。这段时间里，她生了一个孩子，也一起带到这里来。可是莱万多夫斯基这时候关心的是其他一些事。他原计划等老婆来了以后，可以获准到外边待一阵子。久别重逢固然很好，但隔了这么长时间才见，要是有可能的话，他当然想干些别的事情。

莱万多夫斯基就这个事情和我们详细地讨论了好几个小时。在部队里，这种事算不上什么秘密。没有人会觉得这不正常。我们中间有几个已经外出过的人告诉他，镇上有几个非常好的地方，是绿地和公园，在那里根本没人会干扰他。有个人甚至还知道一个小小的房间。

然而那些主意一点儿用都没有，莱万多夫斯基还躺在床上愁眉苦脸。如果他不得已错过了这个机会的话，那么他连生活中唯一的乐趣也没有了。我们都安慰着他，并表示一定会想办法帮助他。

第二天下午，他的妻子到了。她是个身材矮小、头发蓬乱的女人，一双小鸟般怯生生的眼睛来回寻觅着，她披着一件有褶边和饰带的黑色斗篷，天知道她是在哪里得到这件东西的。

她小声地自言自语，害羞地站在门口。我们屋里有六个男人，把她给吓住了。

"你进来吧，玛尔雅。"莱万多夫斯基说道，冒险动了动他的喉结,咽下一口唾液,"他们不会伤害你的。"

她先是绕着走了一圈,跟每个人友好地握了握手。然后她伸手抱起小孩,那个小东西已经把尿布尿湿了。她从一只绣着珠子的手提包里拿出一块干净的尿布,给孩子铺好换上。这消除了她最初的尴尬,两个人开始交谈起来。

莱万多夫斯基心急如焚,他总是斜着那双突出的圆眼睛,哀伤无奈地看着我们。

现在的时机非常合适,医生已经查过房了。最多也不过进来一个护士看一下。有个人出去观察了一会儿,他回来后,点点头说:"外边什么人都没有了,很安全,你的机会来了,约翰,赶紧开始吧。"

两个人小声地说了几句。那个女人不好意思地涨红了脸,看样子很尴尬。我们摆摆手,善意地冲她一笑,还做了手势告诉她别在乎这些。让那些偏见都见鬼去吧,那是为其他时代制定的,在这里躺着细木工人约翰·莱万多夫斯基,一个被枪弹打成残废的士兵,那是他的妻子,谁知道他们下次见面是什么时候?他想和她亲热,他们也需要好好地亲热亲热,很好。

我们让两个人站在门口望风,万一护士碰巧要来干扰好事,他们俩就设法拖住她们。两个人同意在外边看守,大概一刻钟左右。

莱万多夫斯基只能侧身躺着,因此有人又抓了几个枕头堆垫在他的身后,阿尔贝特照看着小孩,我们都稍微转身背对着他们,那条黑斗篷很快便消失在了被子下面。我们有说有笑地谈论着，还嚷嚷着拿纸牌出来玩。

我手气不错，拿到一手梅花，还有四张杰克，差不多转一圈就赢了。我们几乎忘记了那边的莱万多夫斯基夫妇。不一会儿，那孩子开始哭喊起来，尽管阿尔贝特在那边拼命地摇晃着。稍微有点窸窸窣窣的声响，我们无意中抬头望去，看见那小孩已经在母亲怀抱里了，嘴里还含着一个奶瓶。约翰的那件事已经做完了。

我们现在都感觉像是一个大家庭似的，那女人已经是一副精神十足的样子，而莱万多夫斯基则是满身汗水、眉开眼笑地躺在那里。

约翰把那个绣花的手提包打开，里面有几根鲜嫩的香肠，他挥舞小刀把香肠切分成小块。他做了个漂亮的手势，指着我们——于是他那身材矮小的苗条女人走到我们面前，微笑着分香肠给我们吃，这时候她看起来简直太漂亮了。我们都叫她妈妈，她很高兴，并为我们拍打枕头。

几个星期过去了，每天早上我都要到灿德尔学院[①] 去。在那里，我的一条腿被勒得紧紧的，做一些活动。我的一条胳膊早就已经痊愈了。

[①] 瑞典医生古斯塔夫·灿德尔（Gustav Zander, 1835—1920）曾发明一系列医疗康复器械。

又从前线来了一批运输车队。过去由布料制造的绷带，现在都改用白色的皱纸来做了。在前线，纱布绷带已经十分匮乏。

阿尔贝特被截肢的那条腿也恢复得很好。伤口基本上愈合了。几个星期后，他就要到接人工假肢的部门去了。他总是沉默寡言，而且比以前更加严肃了。他现在经常说着话，戛然而止，呆滞地盯着前方。要不是和我们这些人住在一起，他早就结束自己的生命了。不过现在，他已经度过了最糟糕的时期。有时他也会凑过来看我们玩牌。

我得到了疗养假。

我母亲不想让我离开。她看起来特别憔悴，跟上次相比更加糟糕了。

后来，我又被召回团里，再次奔赴前线。

和我的朋友阿尔贝特·克罗普道别，心里非常难受。但是在军队里，这样的事也慢慢地习惯了。

第十一章

我们不再一周一周地计算时间了。我刚来的时候还是冬天，那时炮弹炸起来，冻起来的土块和弹片一样危险。转眼间，草木又绿了。我们的生活就在战场和营棚之间来回交替。我们对于这种生活已经习以为常了，战争是导致死亡的原因，就像癌症和结核病，就像流行性感冒和痢疾一样。只是在战场上发生的死亡更频繁，形式更多，也更残酷罢了。

我们的思想就像一块泥土，可以随着日子的变更而随意改变形状。我们休息的时候，它平平整整，十分完好，而一旦身处炮火之中，它就死了，里里外外都布满了弹坑。

所有人都感到过去的很多东西已经毫无用处，而且对这些东西也确实不再明白了。几乎每个人都是这样，不只是我们这里的人。知识和修养上的差别几乎都被抹去了，再也无法辨认了。有时候，这些东西也给你一点好处，可以因此而利用一些环境；但也会带来害处，会不自然地束缚人的心理，而这又是必须克服的。这就好比过去我们好像是不同省份的钱币，现在我们都被熔了，身上都印着同样的印记。如果想重新发现过去的不同，那就只能测试金属本身了。首先我们是士兵，而后，以一种怪异而羞耻的方式，又成为一个个不同的人。

这是一种伟大的兄弟情谊，民歌中的那种亲密无间、犯人间的团结一致，以及死囚之间那种极度忠诚的精神以一种奇特的方式杂糅汇合成了这种伟大的手足之情。它引导着我们从那充满死亡、紧张、恐慌和孤单的危险中摆脱出来，取而代之的是看破一切及时行乐的生活态度。如果要对它进行评价，那么它既是高尚的，又是卑微的，但又有谁会那么干呢？

也许就是因为这一点，例如，每当传来敌人进攻的消息时，恰登就迅速用小汤勺把他那碗火腿豌豆汤送到肚里，因为他也不知道自己一个小时后还能不能活着。这样做到底对不对，我们也激烈地讨论过很久。卡特不赞成这么做，因为他说如果一个人腹部受伤的话，肚子里塞满东西比空着肚子更加危险。

这确实是现实存在的问题，而且在我们看来是很重要的问题，不可能是别的。在这死亡的边缘，生活遵循一条最为普遍的路线，它只局限于那些最需要的东西上，其他一切都深埋在阴沉的睡梦中——这就是我们的蒙昧，这就是我们的救赎。如果我们能清楚地认识到这一切，我们早就发疯了、当了逃兵，或者一命呜呼了。这就像是去冰山探险，生活中的一切都为继续活下去服务，而且不可避免地必须要适应它。其他一切都被排斥了，因为那些只会毫无必要地消耗力量。这是我们拯救自己的唯一方法。每当寂静时分，过去岁月那捉摸不定的反光，就会像一面黯淡的镜子，在我面前投射出我现在存在的这个身影，我时常面对这个自己坐着，像一个陌生人，始终都想不明白，那个称为生命的不可名状的蓬勃的东西，竟然与这个形态相适应。其他一切都藏在意识的冬眠之中，生命仅仅是对死亡威胁时刻保持着警惕。为了使我们拥有本能的武器，我们被塑造成不再思考的动物。它使我们变得麻木不仁，让我们在面对恐怖时不至于崩溃。假如我们具有清晰的、自觉的思想，恐怖就会击垮我们。它会燃起我们心底战友之情，为的是让我们逃避孤独寂寞的深渊。它使我们像野兽一样冷漠无情，为的是无论发生什么情况，都会感觉到一种积极的因素，并把它储存起来，准备抵御虚无的冲击。就这样，我们过着一种简单乏味、艰辛封闭的生活，很少会有什么事能激起火花。但是很快又不可思议地燃起可怕的、充满期盼的熊熊烈火。

那是些万分危急的时刻。它向我们显示，适应只是非常勉强的，那并不只是平常那种单纯的休息，而是为了争取在休息之后继续投入更为紧张的战斗。从生活形式的表象上来看，我们和丛林里居住的野人几乎毫无差异。但是那些野人可以一直保持这个样子，因为他们本来就是这样生活的，最多也就是开发出他们的一些精神力量，可能还会因此得到一定的进步和发展。而我们恰恰相反：我们所具有的内在力量不是作用于发展，而是作用于退化。他们那种原始的状态，是合乎自然的，而我们却是经过紧张的努力才过着这样的原始生活，是非常勉强的。

夜里我们从睡梦中惊醒，被一拥而上的许多幻觉所压倒，被睡梦蛊惑，我们惊恐地感觉到脚下的支柱和面前那道黑暗形成的界限是那么脆弱。我们只不过是一些细小的火苗，仅仅靠一道单薄的残垣断壁来抵挡那疯狂的、毁灭性的风暴。我们在猛烈的袭击下不停地摇曳着，有时几乎就要熄灭了。然后，战争那令人窒息的吼叫声就像一个圆环，把我们紧紧地包围起来，而我们也都不由自主地爬了进去，睁大了双眼注视着黑夜。唯一能让我们感到宽慰和鼓励的是周围战友们熟睡的呼吸声，我们就这样一直等到天明。

每一天、每一个小时、每发炮弹和每次死亡，都在缓缓地侵蚀着那脆弱的支柱，时光很快就会将它吞噬。我看到它如何在我周围慢慢崩塌的。

德特林犯了一次愚昧的错误。

他是一个独来独往的人。他的不幸是从看到花园里的一棵樱桃树开始的。当时我们刚从前线回来，在我们新宿营地的附近，偶然发现了一棵樱桃树，就在过路的一个拐角处，这棵樱桃树挺立在我们面前，在晨曦的映照下显得格外美丽。它并没有绿叶衬托，只有一团雪白的花朵。

傍晚时分，德特林不见了。后来他回来了，手里拿着几枝鲜艳的樱桃花。我们便调笑他，问他是不是要去参加一场婚礼。他一声不吭，只顾着把花小心地放在床上。夜里我听到他弄出一阵响动，仔细听好像是在收拾什么东西。我感觉到有些不对劲，就走到他跟前。他见我来了，表现出一副若无其事的样子，我对他说："你可别做傻事啊，德特林。"

"啊，没什么，我就是睡不着而已。"

"你折那些樱桃树枝干吗？"

"我想折就去折呗，"他固执地答道，想了一会儿又说，"我家有个果园，里面也栽着许多樱桃树。每当它们开花的时候，站在存放干草的阁楼上向下俯瞰，它们仿佛是一整块床单，那么白。现在正是时候了。"

"也许你很快就可以休假回家了。而且你是个种地的农民，也可能会被遣送回家呢。"

他点点头，可是他早就心不在焉了。这些农民一激动，表情就会很奇怪，变成母牛和渴望之神的混合物，一半呆滞，一半狂喜。为了转移他的注意力，我就问他要了一块面包。他毫不犹豫地递给了我。这越发让我觉得可疑，因为他一向非常小气。所以我一晚上都没睡。什么事也没有发生，到了第二天早晨他又很正常了。

显然，他很可能感觉到了我在观察他的举动。尽管如此，在第三天早晨，他还是逃走了。我注意到了这件事，但并没有声张，我想多给他一些时间，或许他还真能溜过去呢。已经有不少人从这里成功地逃到荷兰去了。

然而到点名的时候,发现他不见了。一个星期后传来他被战地宪兵,就是那些卑鄙的军警抓获的消息。他朝着德国的方向逃去,这自然是不可能有希望的。而他所做的其他事情,当然也同样是非常愚蠢的。这里所有人都知道,他的逃跑不过是因为思乡心切,一时糊涂,但是一个远在前线后面一百公里的军事法庭又能知道什么?后来我们再也没有听到关于德特林的任何消息。

然而,这种危险,这种被压抑太久的东西,有时甚至会以别的方式爆发出来,好像从加热过度的锅炉里爆发出来似的。贝格尔的结局就是如此。

我们的战壕早就被炸得荡然无存了,现在剩下的是一条可以来回扩展收缩的防线,因此我们也就没有什么真正意义上的堑壕战了。当双方来来回回地进攻与反攻之后,剩下来的就是一条零乱的战线和在各种弹坑之间的艰苦争夺。前面的一条防线被冲散了,各个部队便随处建立起自己的阵地,在密集的弹坑间展开交战。

我们待在一个弹坑里,英国部队从我们弹坑的侧翼夹击包抄过来,很快就攻入了我们背后的阵地。我们被包围了。烟雾笼罩在我们的头顶,就连举手投降都看不清,也许我们本来就不想投降。在这种情形下,我们连自己都分不清自己。我们听到手榴弹的爆炸声在向我们逼近。我们的机关枪扫射着前方一个弧状的区域。冷却水很快就蒸发完了,我们只要迅速地传递着盒子,每个人都往里面撒尿，这样就有水了，我们能够继续开火了。可是在我们的身后，进攻的枪声大作，敌人越来越近了。用不了几分钟，我们都要完蛋了。

正在这时候，第二挺机关枪开始扫射起来。它架在我们旁边一个弹坑里，是贝格尔弄来的，后面的部队也开始反攻了，我们算是解围了，而且联系到了后方。

后来，当我们躺到一个相当好的隐蔽点时，有个送饭的炊事兵对我们说，离这里两三百步远的地方，躺着一条受了伤的通讯犬。

"什么地方？"贝格尔问道。

炊事兵给他描述了那个地方。贝格尔转身就往那边跑，他要去抓住那条狗，或者用枪打死它。半年前，他还是一个十分理智的人，根本不会去管这种事情。我们试着阻拦他。可他还是执意要去。我们只能说："你疯了！"然后让他去了。因为他这种前线疯狂症发作起来，如果没有人马上上去把他摔倒在地，然后紧紧地按住他，就会变得非常可怕。而贝格尔身高有一米八，是全连身体最强壮的人。

他的的确确发疯似的，因为他不顾一切地要穿过火力网，但是没几步远，就被我们头顶上到处守候着的这道闪电给击中了，这使他更加狂乱。有几个人也受到了影响，他们吼叫着，向前奔跑。有一个人还试着用手、脚和嘴拼命往外挖土，想往地里钻。

当然，这样的情况有时候是假装出来的，但实际上也是一种不祥之兆。本来要去解决那条狗的贝格尔,自己的骨盆被打伤了,被抬了回来。而出去抬他时,有一个人的小腿肚上也挨了一枪。

米勒死了。被离得很近的一颗信号弹射穿了肚子。他又活了半个小时,神志很清晰,痛苦万分。他死前把他的皮夹给了我,又把从克默里希那儿继承的那双长筒靴也给了我。我拿来穿到脚上也挺合适。我还跟恰登约定好,要是我也死了,这双靴子就归他。

我们虽然把米勒埋葬了,但是他在地下应该也不会平安地长眠。我们的战线开始后撤。敌人那边,英美的军队增援了大批生力团队。咸牛肉罐头和白面粉也太多了。最新型的大炮和飞机也太多了。

而我们这边却在闹着饥荒。我们的伙食很差,里面还掺着大量代用品,许多人吃得都生病了。德国的工厂老板都成了大富豪,而痢疾却折磨着我们肠胃。厕所里始终蹲挤得满满的;真应该让后方的人好好看看这些灰浅、蜡黄,又瘦又惨的脸,看看这些蜷缩着的人,腹痛甚至把他们的血都给绞出来了;由于疼痛,他们的嘴唇不停地抽搐,几乎变形了,只能咧着嘴苦笑说:"再拉起裤子来,根本没有意义……"

我们的炮兵连停止了炮击,因为炮弹数量不足,而且炮筒严重受损。由于找不准目标,弹片太分散,有时候甚至会打到我们自己身上。我们连马都不剩几匹了。我们的后援生力部队都是一些营养不良、需要休息的孩子，他们连背包都背不动，只知道去送死。这样的人有成千上万。他们对打仗什么都不了解，只会一个劲地往前冲，一死了之。有一次他们刚从火车上下来，对于怎么隐蔽根本一无所知，敌方的一个飞行员开了一次玩笑，来回转几圈，直接把两个连的人都扫光了。

"很快德国就会变得空无一人了。"卡特说。

我们对"总会有结束的一天"这个希望也不再抱任何幻想了。我们并没有想得那么远。只要碰上一颗子弹，人就死了，也可能会受伤，然后下一站就是野战医院。但只要没有被截肢，那么迟早会落到那些军医手里，这些人晃动着胸前的战争功勋十字章，他们会说："什么，一条腿稍微短一点？你要有胆量的话，上了前线也用不着奔跑。男人就是用于作战的，去吧！"

卡特给我们讲了一个故事，这个故事在从孚日到佛兰德的整个前线都广为流传，是关于一个军医的。这个军医正不断宣读着一份体检名单，在他面前经过的每一个人，他看都不看一眼，只是机械地反复说："可用于作战，前线还需要士兵。"有一个装着木腿的人来到他面前。那个军医官依旧是一句"可用于作战"。卡特说到这儿提高了嗓门："那人便跟他说：'我已经装上一条木腿了，如果我再上前线，这次他们又把我的头打掉的话，那么我要再装上一个木头脑袋，就能成为一个军医了。'"听完这个回答，我们哈哈大笑。

当然也有不少很好的医生，但是士兵在上百次的体检中，总会不小心落到一个专抓英雄的医生手里，这样的人有很多，他们乐此不疲，尽可能把名单上的"可用于工作"和"可用于防卫"想办法给改成"可用于作战"。

这样的故事还有许多，而且大多数都更加尖锐和讽刺。尽管如此，它们与造谣惑众和诬陷诽谤却毫不相干，它们仅仅是实话实说罢了。因为在部队里，欺诈、不公、卑鄙下流的事比比皆是。尽管那么多的团队一次次投入越来越没有希望的战斗，在前线后撤和溃败的大势下，进攻还是一次接一次，这不都是很正常的事吗？

坦克已经从嘲笑的对象变成一种重武器了。它们装着铁甲，排成长列，滚滚而来，对我们来说，它们比任何事物都更能体现战争的恐怖。

向我们这边发射密集炮火的大炮，我们没有看见，敌军步兵也是和我们一样的人。但坦克是机器，它们的履带宛如战争一样无休无止地滚动，到处毁灭。它们若无其事地从弹坑里滚进爬出，一路势不可挡，仿佛是一只咆哮着的、喷烟吐火的装甲航队，它们身披铁甲，是一群刀枪不入，无情地碾压着死人和伤者的凶残饿兽。在它们面前，我们的身子畏缩在薄薄的皮肤底下，面对这些庞然大物的冲击力，我们的四肢不过是几根稻草，我们的手榴弹也不过是一根根火柴罢了。

炮弹，毒气硝烟和坦克群——粉碎，腐烂，死亡。

痢疾，流行性感冒，伤寒——窒息，烧伤，死亡。

战壕，医院，群葬墓——没有别的可能性。

在一次向前发起进攻时，我们的少尉连长贝尔廷克阵亡了。他是很杰出的前线军官之一，每次遇到危险的局面，他都能挺身而出。他在我们这里有两年时间了，从来没有受过伤，但最后还是没能幸免。我们在一个弹坑里，被敌人紧紧地包围了。油和汽油的臭味，伴随着火药的浓烟一起吹了过来。我们发现有两个家伙带着火焰喷射器，一个人背着箱子，另一个双手抓着软管，向前喷着火舌。他们离得越来越近，要是火能喷到我们，那我们可就全完了，因为那时候我们根本不可能逃跑。

我们向他们举枪射击。但是他们步步紧逼，情况越发不妙了。贝尔廷克和我们一块待在那个弹坑里。他看到我们无法射中对方，因为我们在敌方火力压制下只能更多地考虑设法隐蔽，于是他自己拎起一支步枪，爬上弹坑，用手臂撑着上肢卧倒在地，小心地举枪瞄准。他扣动了扳机，就在这时，一颗子弹打中了他，他被敌人发觉了。然而他若无其事地继续举枪瞄准，他慢慢调整，隔了好一阵才扣动扳机。贝尔廷克手一松，把步枪放下，说道："好。"便掉进弹坑里了。那两个带着火焰喷射器的人中，走在后面的那个被射中了，倒了下来，软管从另一个人手里滑落，火焰乱射，那个人便被活活烧死了。

贝尔廷克胸部中了一枪。过了一会儿，他的下巴又被一块飞来的弹片给打伤了。而且这块弹片还正好扎到莱尔的臀部。莱尔惨叫起来,他用两只胳膊撑着,鲜血流得很快,但谁都帮不了他。几分钟后,他就像被抽干的皮管一样瘫倒在地上了。他在学校里原本是一个优秀的数学家,但现在对他来说又有什么用呢?

又过了几个月。一九一八年的夏天是流血最多、情况最惨烈的季节。一天天的日子就像是披金戴蓝的天使,静静地站立在那个毁灭的圆环上面。这里每个人都明白,这场战争我们失败了。但关于这件事我们都不愿提及,只是不停地往后退,经过这次大攻势以后,我们已经没有还手之力,兵员和弹药的严重不足使我们无法再发动进攻了。

但战争仍在继续着,死亡还在继续。

一九一八年的那个夏天,我们从未如此迫切地感觉朴素的生活也是值得追求的;我们的营房周围环抱着红簇簇的罂粟、草叶上到处滚动的甲虫、凉爽昏暗的房间、暖和的夜晚、傍晚时分那黑漆漆的树木、星星和潺潺的细流,以及梦幻和缤纷的睡眠——啊,生活,生活,生活!

一九一八年的那个夏天,再也没有像重返前线那样需要无言地承受那么多痛苦。关于停战与和平的谣言四处流传,它弄得我们烦乱如麻,使得我们比以往任何时候都更加讨厌重返前线。

一九一八年的那个夏天,前线的生活,从来没有像炮火轰击时的暴力、血腥更加让人痛苦和恐惧。那苍白的脸惊恐地深埋在污泥之中，双手痉挛，脑子里只有一个念头闪过：不！不！不会发生！现在不可以发生！不能是现在这个最后的时刻！

一九一八年的那个夏天，希望的微风徐徐吹过烧焦的战场，焦虑、失落的疯狂，最使人绝望的对死亡的恐惧。内心难以理解的问题：为什么？为什么他们还不结束？为什么关于战争要结束的谣言流传得沸沸扬扬？

这里有那么多的飞机。他们完全有把握像捕捉野兔一样追击每一个仓皇逃跑的人。对付一架德国飞机，他们至少会用五架英美飞机。他们会用五个身强力壮、朝气蓬勃的士兵来对付战壕里的一个饥肠辘辘、精疲力竭的德国兵。德国这边如果有一块军粮面包，那么他们那边就有五十听罐头牛肉。我们并不是被打败的，因为我们是更加勇猛、顽强、富有经验的优秀士兵，我们是被敌人的压倒性优势给冲垮的。

我们度过了好几个星期连绵的阴雨天。灰雾迷蒙的天空，灰沉沉的污泥，灰色的死亡。每当我们一走出屋子，那雨水马上就会把我们的外套和衣服弄得湿透。在前线的时候，身上一直都是湿淋淋的。我们的身上从来没有干过。那些穿长筒靴的人，为了减少泥沙流到靴子里去，就把沙袋系在上面。步枪生锈了，军服也粘住了，所有东西都在流动着、溶解着，大地变成了湿漉漉、水淋淋、油腻腻的一大块，上面有许多黄澄澄的池塘，漂着螺旋形的血水，那些已死去的、受伤的和幸存的人，都慢慢地被池塘吞没了。

暴风雨像鞭子一样抽打着我们，密集的弹片夹杂在雨点里，从灰黄色的空中落下来，在混乱中撕扯着受伤者凄楚的、孩子般的叫喊。在寂静的夜里，被撕得伤痕累累的生命艰难地呻吟着。我们双手沾满泥土，浑身泥浆，我们的眼睛像积着雨水的池塘。我们不知道自己是否还活着。

随后，炎热如同水母一般，沉甸甸地扑到我们的坑穴里，既潮湿又闷热。就在夏末的某一天，在去领饭的路上，卡特突然倒了下去。当时只有我们两个人。我给他包扎好伤口，看样子是他的胫骨被打碎了。这一下刚好打到了骨头上，卡特绝望地低声哼叫着："现在这个时候了……正好是现在这个时候……"

我安慰他说："谁知道这场仗还得打多久才能结束呢！你现在倒是得救了……"

伤口开始迅速出血。我想去找一副担架，但又不能把卡特丢在这里，而且我也不知道附近的医疗站在什么地方。

卡特并不重，因此我便把他驮在背上，回头赶到急救所去。

途中我们歇了两次。一路上他痛苦地呻吟着。我们都没怎么说话。我解开上衣领子，累得直喘粗气，汗流浃背。我还因为背的时候用力憋气，脸都肿胀起来了。尽管如此，我还是催促他继续往前走，因为那一带非常危险。

"我们继续走好吗,卡特?"

"一定要的,保罗。"

"那我们走吧。"

我扶他起身,他用另一条没受伤的腿站着,身体靠在一棵树上。随后我轻轻地抓起他那条中弹的腿,他猛地向上一跃,我就把另一条好腿也夹在我胳膊肘上。

我们艰难地向前行进。身后不时有炮弹呼啸而过。我咬紧牙大步地前行,因为卡特伤口流出的血已经开始往地上滴了。面对炮弹的轰炸,我们也顾不上躲避了,因为我们还没来得及隐蔽,炮击就呼啸着过去了。

为了等待炮轰停止,我们在一处小弹坑里停下来。我拿军用水壶给卡特喝了点茶。我们抽了一支香烟。我伤感地说:"好了,卡特,这下我们真的要分开了。"

他默不作声,只是看着我。

"你还记得吗?卡特,我们是怎样征用那只鹅的吗?还有,你在我困难时把我解救出来,那时候我还是个不懂事的新兵呢,又是第一次受伤,我不停地抹着眼泪。卡特,那都快是三年以前的事了。"

他点点头。

一阵伤感和孤独在我心中升起。等卡特被送走以后,我在这儿就一个朋友也没有了。

"卡特，要是和平之前你没能回来的话，那我们一定会再见面的。"

"你觉得，我的胫骨伤成这样，会不会又被列为'可用于作战'？"他苦涩地问道。

"你只要休养一阵，骨头就能痊愈了，关节又没事。我想一切都会很顺利的。"

"再给我抽一支烟。"他说。

"也许以后，咱们还能一起做点什么事情，卡特。"我的心情很不好受，这种情况已经不可能了，卡特——这个卡特，我的朋友，这个肩膀瘦小、湿透了胡须的卡特，我对他的认知比所有人都要清楚，这个卡特，这些年我们一起同甘共苦——也许我再也见不到他了，不可能了。

"卡特，不管怎样，把你家里的地址给我，这是我的地址，我给你写下来。"

我把他的地址抄在笔记本上。我感到心里一片绝望和孤独，尽管他仍然坐在我的身边。我真想往自己的腿上打一枪，这样不就能和他一起离开吗？

忽然，卡特发出了咕噜声，很急促，脸色变得又青又黄。"我们继续往前走吧。"他结结巴巴地说。

我跳起身来，迫不及待地想帮助他，我把他小心地背了起来，扣紧他的双腿，开始大步向前跑去，那是一种稳重、缓慢的长跑，这样他的腿不会摆动得太厉害。

我的喉咙都要冒烟了,我感到眼前闪动着红色和黑色的星点,我拼命地咬着牙往前赶,最后,我终于跌跌撞撞地赶到了医疗站。

到了那里,我扑通一声摔倒在地,但我还有足够的力量,使自己倒在卡特那条好的腿一边。过了好一阵子,我才缓缓地站起身来。我的手和腿不由自主地颤抖着,我好不容易才摸索着打开军用水壶,喝了一口。喝的时候,我的嘴唇也不停地颤动着。但我情不自禁地微笑起来——卡特得救了。

过了一会儿,我开始能辨别出钻进我耳朵里的各种嘈杂混沌的声音了。

"你其实可以不用这么费事的。"一个卫生员对我说。

我纳闷地望着他。

"他已经死了。"他用手指了指卡特说。

我不明白他的意思。"他是胫骨上受的伤呀。"我说。

卫生员直挺挺地站着说:"都一样……"

我转过身。我的眼睛仍然很模糊,此时汗水又从我的头上滑入眼中。我抹了一下,往卡特那边望去。他安静地躺在那里。"他是昏过去了。"我急忙说道。

那个卫生员吹了一下口哨:"这我还是比你懂得多一些的。他死了。这一点上,我赌多少钱都行。"

我摇摇头:"不可能。十分钟前,我还在和他说话。他一定是昏过去了。"

卡特的双手还温热着,我抓住他的肩膀,想用茶水帮他擦一擦。这时我感觉到手上湿湿的。当我从他脑袋后把手抽出来的时候,上面沾满了鲜血,那个卫生员又轻声吹了下口哨:"你瞧……"

在路上,我只顾着奔跑,根本没有注意到卡特头部中了一块弹片。头上只有一个小小的洞,那肯定是一块非常细小的流弹碎片,但已经足够了。卡特死了。

我慢慢地站起身来。

"你要带走他的军人证和随身物品吗?"那个二等兵问我。

我点了点头,他就把东西给了我。

那卫生员感到奇怪。"你们不会是亲戚吧?"

不是,我们根本不是亲戚。不是,我们根本不是亲戚。

我在走吗?我还有脚吗?我抬起眼睛,任由它们到处转动,我也跟着它们转动,一圈接着一圈,直到我又停下脚步。然而,周围一切如故。只是战时后备军施坦尼斯劳斯·卡特钦斯基死了。

后来,我就什么也不知道了。

第十二章

秋天到了。剩下的老兵已经寥寥无几。我们班级到这里的七个人,现在只剩下我了。

每个人最热衷谈论的就是和平与停战。所有人都在期盼着。如果再来一次失望,他们就会崩溃的;希望太强烈了,要是没有爆炸性事件,是不会破灭的。如果失去了和平,就会发生革命。

我被允许休息十四天,因为我吸入了一些毒气。我整天坐在一个小花园里,沐浴着柔和的阳光。很快就要停战了,我也开始相信这一传闻了。然后我们就能回家了。

我的思考仅停留于此,不愿意再想得更远。以优势力量吸引着我、等待着我的,只有感情。那是对生命的珍惜,那是对故乡的渴望,那是对亲人们的思念,那是对解脱的陶醉。但是没有明确的目标。

要是我们在一九一六年回家,那么我们所受的痛苦和经历磨炼而成的力量,或许会让我们掀起一场风暴。但如果我们现在回去,那我们只有疲倦、绝望、精疲力竭,没有归宿,没有希望。我们将再也找不到自己的道路。

而且，谁都无法理解我们——因为在我们之前成长的那一代人，虽然和我们一起在这里待了这么多年，但是他们都已经有家庭和工作，现在可以回到自己先前的岗位上去，很快就会把战争淡忘。而在我们之后成长的那一代，像我们那时一样，与我们完全陌生，会把我们抛弃在一旁。甚至连我们自己都觉得自己是多余的，我们的年龄会逐渐增长，一些人会因此去慢慢适应，另一些人会顺服，而大多数人只会感到束手无策，在岁月的推移中走向毁灭。

但是，我所想象的这一切，也许只是忧郁和沮丧，当我又站在白杨树下，倾听那些树叶沙沙作响的时候，它们就烟消云散了。那些使我们的血液久久不能平静的温柔，那些朦朦胧胧的、扑朔迷离的、正要到来的东西，成百上千张未来的面孔，梦里和书中的旋律，以及女人的嗓声和直觉，要这些都离去，那是不可能的，要说它们在强烈的炮火中、在悲观绝望中、在军官妓院中消失得无影无踪了，那也是不可能的。

这里的树叶在秋风中闪耀着金黄的绚丽色泽，山梨的浆果红艳艳地挺立在一簇簇绿叶中，宽敞的公路光亮洁白地通向地平线的尽头。营房的食堂像蜂房一般嗡嗡地响着种种有关和平的谣言。

我站起来。

我的心情非常平静。让时光月复一月、年复一年地来临吧，它们不会再从我这儿拿走什么了，它们再也不能拿走什么了。我现在是那么的孤寂、绝望，这使我可以毫无畏惧地面对着它们了。这些年来所经历的生活，如今历历在目，依旧看得见，摸得着。我是否已经战胜了它，我不知道。但是只要它还存在，那它总会寻找一条新的道路，无论我内心里的那个"我"会说些什么，愿意还是不愿意。

一九一八年十月，他阵亡了。那天，整个前线出奇平静，所以当天的军队报告上仅仅用一句话做了概述：西线无战事。

他是向前倒下的，就像躺在地上静静地睡着了一样。人们把他翻过来时，他的脸上呈现着从容和安详的表情，没有遭受过丝毫的痛苦和悲伤。毕竟这一切终于结束了。